ANNE TYLER BIJ UITGEVERIJ CARGO

Thuiskomen
Het kompas van Noach

Anne Tyler

Afscheid voor beginners

Vertaald door
Aleid van Eekelen-Benders

2012
DE BEZIGE BIJ
AMSTERDAM

Cargo is een imprint van uitgeverij De Bezige Bij, Amsterdam

Copyright © 2012 Anne Tyler
Copyright Nederlandse vertaling © 2012
Aleid van Eekelen-Benders
Oorspronkelijke titel *The Beginner's Goodbye*
Oorspronkelijke uitgever Alfred A. Knopf, New York
Omslagontwerp Marry van Baar
Omslagillustratie ULTRA.F/Getty Images
Foto auteur Diana Walker
Vormgeving binnenwerk Adriaan de Jonge
Druk Bariet, Steenwijk
ISBN 978 90 234 7620 7
NUR 302

www.uitgeverijcargo.nl

I

Het vreemdste aan de terugkeer van mijn vrouw uit de dood was hoe anderen reageerden.

Zo kwamen we op een middag vroeg in het voorjaar tijdens een ommetje over Belvedere Square onze vroegere buurman tegen, Jim Rust. 'Wat zeg je me daarvan,' zei hij tegen mij. 'Aaron!' Toen zag hij Dorothy naast me staan. Ze hield haar hand boven haar ogen tegen de zon om naar hem te kunnen kijken. Hij zette grote ogen op en keek weer naar mij.

'Hoe gaat het, Jim?' vroeg ik.

Je kon zien dat hij zich vermande. 'O... prima,' zei hij. 'Dat wil zeggen... of eigenlijk... we missen je natuurlijk wel. De buurt is niet meer hetzelfde zonder jullie!'

Hij richtte al zijn aandacht op mij, met name op mijn mond, alsof ik aan het woord was. Dorothy keek hij niet aan. Hij was een stukje gedraaid zodat ze buiten zijn blikveld viel.

Ik kreeg medelijden met hem. 'Nou, doe iedereen maar de groeten,' zei ik, en we liepen verder. Dorothy liet haar droge lachje horen.

Andere mensen deden alsof ze ons geen van beiden herkenden. Dan kregen ze ons vanuit de verte in het oog, je zag ze schrikken en dan schoten ze plotseling een zijstraat in, druk druk druk, nog van alles te doen, uiterst belangrijke zaken aan hun hoofd. Ik nam het ze niet kwalijk. Ik begreep best dat het een hele omschakeling vergde. In hun plaats zou ik misschien wel precies hetzelfde hebben gedaan. Ik zou graag denken van niet, maar het is best mogelijk.

Waar ik hardop van in de lach schoot, dat waren degenen die waren vergeten dat ze dood was. Toegegeven, dat waren er maar een paar, mensen die ons niet echt goed kenden. In de rij bij de bank werden we een keer herkend door meneer Von Sant, die een paar jaar eerder onze hypotheekaanvraag had behandeld. Onderweg door de hal bleef hij even staan om te vragen: 'En, genieten jullie nog steeds van het huis?'

'Nou en of,' antwoordde ik.

Voor het gemak.

Ik stelde me voor hoe het een paar minuten later opeens tot hem zou doordringen. Wacht eens even, zou hij tegen zichzelf zeggen terwijl hij weer aan zijn bureau ging zitten. Heb ik niet ergens gehoord dat...?

Tenzij hij geen moment meer aan ons dacht. Of misschien had het nieuws hem niet eens bereikt. Misschien zou hij eeuwig in de veronderstelling blijven dat het huis nog intact was, en dat Dorothy nog leefde, wij beiden nog steeds gelukkig, onopvallend getrouwd.

Ik was toen al bij mijn zus ingetrokken, die in ons ouderlijk huis woonde, in het noorden van Baltimore. Koos Dorothy daarom dat moment uit om terug te keren? Ze had nooit veel van Nandina moeten hebben. Ze vond haar te bazig. Nou ja, dat wás ze ook. Is ze ook. Vooral tegen mij, omdat ik een paar handicaps heb. Misschien heb ik dat nog niet verteld. Ik ben rechts verlamd aan mijn arm en mijn been. Niet zo dat ik er last van heb, maar je weet hoe grote zussen kunnen zijn.

O, en ik praat ook wat haperend, maar alleen af en toe. Meestal hoor ik het zelf niet eens.

Eigenlijk vraag ik me vaak af waarom Dorothy juist dat moment uitkoos om terug te komen. Het was niet meteen na haar dood, wanneer je het misschien zou verwachten. Het was pas maanden later. Bijna een jaar. Natuurlijk had ik het haar gewoon kunnen vragen, maar op de een of andere manier... ik weet niet. Dat leek me onbeleefd. Ik kan niet goed uitleggen waarom.

Op een keer kwamen we Irene Lance tegen, van mijn werk. Daar doet zij de ontwerpen. Dorothy en ik kwamen terug van de lunch. Dat wil zeggen: ik had geluncht en op de terugweg was Dorothy naast me komen lopen. En ineens zagen we Irene uit de richting van St. Paul op ons af komen. Irene was niet makkelijk over het hoofd te zien. Ze was altijd de elegantste vrouw in de hele straat, niet dat dat in Baltimore zo'n kunst was. Maar zij zou overal elegant hebben geleken. Ze was groot en witblond, en die dag droeg ze een lange zwierige jas met de kraag omhoog om haar hals; de zoom golfde om haar kuiten in het frisse lentewindje. Ik was benieuwd. Hoe zou iemand als Irene met een situatie als deze omgaan? Daarom minderde ik vaart, waarop Dorothy ook langzamer ging lopen, en tegen de tijd dat Irene ons opmerkte waren we min of meer tot stilstand gekomen en stonden we allebei te wachten wat ze zou doen.

Toen ze vlakbij was bleef ze plotseling staan. 'O hemel!' zei ze.

We glimlachten.

'ups,' zei ze.

'Wat?' vroeg ik.

'Ik heb ups gebeld om iets op te halen en er is niemand op kantoor.'

'Niks aan de hand. Wij gaan toch die kant op.'

Ik gebruikte opzettelijk het woord 'wij', al zou Dorothy hoogstwaarschijnlijk vertrekken voor ik het gebouw binnenging.

Maar Irene zei alleen maar: 'Bedankt, Aaron. Ik word vast dement.'

En weg was ze, zonder verder nog iets te zeggen.

Als ze door had gekregen wat ze zojuist over het hoofd had gezien, zou ze zich pas echt zorgen hebben gemaakt over dementie.

Ik keek naar Dorothy, in de verwachting dat zij er ook om zou moeten lachen, maar zij volgde haar eigen gedachtegang. '*Wilde aardbeien*,' zei ze op peinzende toon.

'Wat?'

'Daar doet Irene me aan denken. De vrouw in die oude Bergman-film, de schoondochter, met dat strakke knotje. Weet je nog?'

'Ingrid Thulin,' zei ik.

Dorothy trok haar wenkbrauwen even op om aan te geven dat ze onder de indruk was, maar het kostte me niet veel moeite om die naam naar boven te halen. Ik was al sinds mijn eindexamen verliefd op Ingrid Thulin. Ik hield van haar koele, beheerste houding.

'Hoe lang zou het duren voor het opeens tot Irene doordringt, denk je?' vroeg ik.

Dorothy haalde alleen haar schouders op.

Zij scheen onze situatie veel nuchterder te bekijken dan ik.

Dat ik Dorothy niet vroeg waarom ze juist toen was teruggekeerd, kwam misschien wel uit angst dat zij zich dat dan ook zou gaan afvragen. Als ze eigenlijk maar per ongeluk was teruggekomen, zonder erbij na te denken, zoals je uit gewoonte naar een vorig adres terug zou kunnen gaan, dan zou ze als ik erover begon misschien zeggen: 'O! Lieve hemel! Ik moet weg!'

Of misschien dacht ze wel dat ik vroeg wat ze kwam doen. Waarom ze eigenlijk was teruggekomen dus. Zoals bij een logé aan wie je vraagt hoe lang hij van plan is te blijven, en die dat opvat als: 'Wanneer mag ik hopen van je af te zijn?' Misschien had ik daarom het gevoel dat het onbeleefd zou klinken.

Als ze wegging zou dat mijn dood worden. Dat had ik al één keer doorgemaakt. Ik dacht niet dat ik het nog eens aan zou kunnen.

Ze was klein en mollig en oogde serieus. Ze had een breed, olijfkleurig gezicht, met aantrekkelijke platte vlakken en kalme zwarte ogen die opvallend gelijk stonden, met die volmaakte symmetrie waar je als toeschouwer een rustig gevoel van krijgt. Haar haar, dat ze zelf knipte, nonchalant bot en recht, was door en door pikzwart en compact. (Haar familie was twee generaties eerder uit Mexico gekomen.) En toch geloof ik niet dat andere mensen zagen hoe aantrekkelijk ze was, want dat verborg ze. Of nee, dat niet eens: ze was zich er te weinig van bewust om het te verbergen. Ze droeg een uilenbril met ronde glazen die spotten met de vorm van haar gezicht. Haar kleren gaven haar een gedrongen figuur: wijde rechte broeken en mannenoverhemden, plompe schoenen met crêpezolen, het soort dat serveersters graag dragen. Ik was de enige die de lijntjes, fijn als draadjes zijde, om haar polsen en haar hals opmerkte. Ik was de enige die haar lieve, mollige voeten kende, met die nagels als kleine zeeschelpjes.

Mijn zus zei dat Dorothy te oud voor me was, maar dat was alleen maar omdat ik zo dom was geweest de waarheid te zeggen toen ze ernaar vroeg. Ook al was ze acht jaar ouder dan ik – drieënveertig toen ze stierf – ze leek jonger, vanwege die mooie, sterke Latijns-Amerikaanse huid. Bovendien had ze genoeg vulsel om rimpels op te vullen. Leeftijd zou geen moment bij je opkomen, bij Dorothy.

Mijn zus zei ook dat ze te klein voor me was, en ik kan er niet omheen: als Dorothy en ik elkaar omhelsden raakten we elkaar overal op de verkeerde plaatsen aan. Ik ben een meter drieënnegentig. Dorothy was maar net een meter vijfenvijftig. Als je ons samen over straat zag lopen, zei mijn zus, zou je ons aanzien voor vader en kind op weg naar de basisschool.

En te professioneel, zei mijn zus. Ha! Dat had ik nog nooit als bezwaar gehoord. Dorothy was arts. Ik werk als uitgever in ons familiebedrijf, een uitgeverij. Toch niet zo ongelijkwaardig? Wat Nandina bedoelde was dat ze te veel in haar werk opging. Erdoor geobsedeerd werd. Ze ging er vroeg naartoe, kwam laat thuis, wachtte me 's avonds niet op met mijn pantoffels, kon nauwelijks een ei koken. Vond ik prima.

Maar Nandina blijkbaar niet.

Misschien was het gewoon een heel eind reizen, en kostte het Dorothy daarom al die maanden om terug te komen.

Of misschien had ze eerst geprobeerd het zonder mij te redden, zoals ik eerst had geprobeerd het zonder haar te doen – 'eroverheen te komen', 'het een plekje te geven', 'door te gaan', al die belachelijke uitdrukkingen waar mensen mee aankomen als ze je ertoe willen brengen het ondraaglijke te verdragen. Maar uiteindelijk had ze het feit onder ogen gezien dat we elkaar domweg te erg misten. Ze had zich gewonnen gegeven en was teruggekeerd.

Ik geloofde graag dat het zo zat.

Ik heb mijn zus voorgesteld als een tiran, maar dat was ze echt niet. Ze wilde alleen maar het beste voor mij, daarom was ze zo kritisch. Ze zág het beste in mij. Als een buurjongen mij, toen ik zo'n stuk was gegroeid, Frankenstein noemde, zei Nandina tegen me dat ik op Abraham Lincoln leek. (Ik deed alsof dat me opmonterde, al was Abraham Lincoln niet het type dat ik nastreefde.) Toen ik aan het einde van het eerste jaar high school bekende dat ik als de dood was om Tiffy Preveau mee te vragen naar het schoolbal, repeteerde Nandina urenlang met me en stortte ze zich zo overtuigend op de rol van Tiffy dat het niet veel scheelde of ik kon geen woord meer tegen haar uitbrengen. 'Mag-mag-mag...' stamelde ik.

'Begin eens met een H-woord,' raadde Nandina aan, die even uit haar rol viel.

'Heb-heb je zin om-om met mij naar het bal te gaan?' vroeg ik.

'Hé, dat lijkt me enig, Aaron!' zei ze met een gemaakt kwebbelstemmetje. 'Maar vertel eens: kun je wel dansen?'

'Jazeker.'

'Want ik ben echt dol op dansen, hoor. En dan heb ik het niet over dat geschuifel. Ik hou van lekker swingen!'

'Dat kan ik wel,' zei ik.

En dat was zo. Dat had ik van Nandina geleerd. Nandina was zelf als tiener niet bepaald een succesverhaal geweest (zelfs met haar lange bananenschoenen uit was ze bijna een meter tachtig, en ze had haar eindexamenjaar weten te bereiken zonder ook maar naar één schoolbal te gaan), maar ze gidste mij door een reeks passen die er acceptabel uitzagen. Ze deed voor hoe ik op mijn onderlip moest bijten als in vervoering door de beat van 'Pump Up the Volume' en ze drapeerde mijn rechterarm zo dat hij minder op een gebroken vleugel leek en meer op een banier, triomfantelijk omhoog, zo ver als ze hem maar kon krijgen. Het werkte in mijn voordeel dat geen mens nog als zo'n rondwandelende omhelzing danste. Ik zou mijn partner niet met twee handen hoeven vastklampen of iets dergelijks.

En ik moest leren niet zo vaak met een 'M' te beginnen, zei Nandina. Het leek wel of ik het erom deed: altijd weer dat 'mag' en 'moet'.

'Misschien is dat niet puur toeval,' zei ik. (Vrijwel zonder haperen, omdat ze nu weer gewoon mijn zus was.)

'Zie je nou wel? Je had net zo goed kunnen zeggen "dat is vast niet puur toeval",' zei ze.

Tiffy nam mijn uitnodiging trouwens niet aan. Ze zei dat ze al andere plannen had. Toch was het aardig van Nandina om me te helpen.

Ik heb er verkeerd aan gedaan daarstraks het woord 'handicaps' te gebruiken. 'Verschillen' zou correcter zijn geweest. In feite ben ik absoluut niet gehandicapt.

Ik mag dan van andere mensen verschillen, maar ik heb niet minder geluk. Dat geloof ik echt. Of ik heb minder geluk maar ben niet ongelukkiger. Dat ligt vermoedelijk dichter bij de waarheid.

Soms denk ik dat ik minder geluk heb dan anderen, maar veel, veel gelukkiger ben.

Maar dan houd ik mezelf voor de gek, neem ik aan, want iedereen zal wel zijn eigen reden menen te hebben om zich gelukkig te mogen noemen.

Het rare is: ik ben al zoals ik ben zolang ik me kan herinneren, en toch voel ik me precies hetzelfde als iedereen. Als ik door de vensters van mijn ogen naar buiten kijk stel ik me voor dat mijn rug recht is, dat mijn nek verticaal oprijst en dat mijn armen allebei even dik zijn. In werkelijkheid moet ik, omdat mijn rechtervoet en -kuit eigenlijk niet meer dan ballast zijn, mijn rechterbeen achter me aan slepen en hel ik naar de andere kant om dat te compenseren, waardoor mijn ruggengraat schuin komt te staan. Als ik zit merk je misschien niets, maar dan sta ik op en maak ik slagzij.

Ik heb een wandelstok, maar die laat ik altijd overal staan.

En hoewel ik me heb aangewend mijn rechterarm zo losjes mogelijk te laten hangen, trekt hij altijd vanzelf weer krom en buigt de hand naar binnen, met zo'n scherpe knik bij de pols alsof ik een beroerte heb gehad. Misschien klopt dat ook wel, geen idee. Ik was een doodgewone peuter van twee; toen kreeg ik griep. Daarna was ik niet meer gewoon.

Maar ik wed dat ik hoe dan ook linkshandig zou zijn geweest, want ik heb een keurig handschrift en daar hoef ik geen moeite voor te doen. Dus in dat opzicht heb ik wel degelijk geluk, of niet soms? En ik speel een formidabel potje racquetball, ik kan goed genoeg zwemmen om in elk geval te blijven drijven en, al zeg ik het zelf, autorijden doe ik een stuk beter dan de meeste mensen. Mijn auto heeft aangepaste pedalen. Maar voor sturen en schakelen red ik me prima met de gebruikelijke handbediening. Mensen die voor het eerst bij mij in de auto zitten kijken soms even benauwd, maar na een paar kilometer denken ze nergens meer aan.

Ik droom weleens van overschakelen op normale pedalen, maar daar bij Rijvaardigheidsbewijzen hebben ze van die idiote regeltjes.

Het kwam al meteen bij me op dat Dorothy best met een speciale opdracht teruggekomen kon zijn. Misschien mocht ze alleen even terug om mij iets te vertellen, en moest ze daarna weer weg. (Ik moet er meteen bij zeggen dat ik er maar liever niet bij stilstond wíé haar dan toestemming had gegeven. Ik ben atheïst. Het simpele feit dat ze weer bij me was had al meer vooronderstellingen onderuitgehaald dan ik zomaar kon behappen.)

Je zou denken dat ik benieuwd was wat die opdracht inhield. Maar denk aan de consequentie: zodra ze hem had uitgevoerd zou ze weggaan. En ik dacht niet dat ik dat zou verdragen.

Daarom nam ik een soort zen-houding aan. Ik leefde in het moment. Dorothy verscheen; ik had rust. Ik stelde geen vragen, hoorde haar niet uit, verdiepte me niet in het hoe of waarom; ik putte enkel troost uit haar gezelschap. Als ze aanstalten had gemaakt iets te zeggen wat, nou, boodschapachtig had geklonken, dan zou ik mijn best hebben gedaan haar aandacht af te leiden; maar dat deed ze niet. Het zag ernaar uit dat zij ook in het moment leefde. Dan verdween ze weer, maar ze was niet echt voorgoed weg. Op de een of andere manier wist ik dat. Dan wachtte ik, roerloos als een vijver, tot ze weer verscheen.

Een keer vroeg ze: 'Hoe is het bij Nandina? Maakt ze zich druk om je en betuttelt ze je?'

'Ja, ach, je kent haar toch,' zei ik.

Ik was even stil voor ik vervolgde: 'Moest je dat vragen? Ik dacht eigenlijk dat je dat gewoon zou weten.'

'Nee, hoor. Ik weet helemaal niks,' zei Dorothy.

Het kwam me voor dat er iets droevigs in haar stem klonk, maar toen keek ze me glimlachend aan, dus vermoedelijk had ik me dat maar verbeeld.

Mijn moeder bleef tot het einde van haar levensdagen met het idee zitten dat mijn verschillen haar schuld waren. Ze had toen ik ziek was eerder de dokter moeten bellen. Ze had halsoverkop met me naar de spoedeisende hulp moeten rennen; laat die dokter maar zitten. 'Daar hadden ze ons alleen maar terug naar huis gestuurd,' zei ik dan. 'Ze zouden hebben gezegd dat er een virus rondwaarde; gewoon veel laten drinken en in bed houden.'

'Dan was ik daar zó midden op de vloer gaan zitten en had ik geweigerd om weg te gaan,' zei ze.

'Waarom maak je er toch zo'n drukte om? Ik red me prima.'

'Je rédt je. Ja, zo zou je het kunnen zeggen,' zei ze. 'En ik zou er verder ook niet moeilijk over doen als je vanaf je geboorte verlamd was geweest. Maar dat is niet zo. Je bent niet zoals je begonnen bent. Je bent niet zoals je moest zijn.'

'Misschien is dit wel precies hoe ik moest zijn,' zei ik.

Ze zuchtte alleen maar: ik zou het nooit begrijpen.

'Hoe dan ook,' zei ik, 'je hebt de dokter wel gebeld. Dat heb je zelf verteld. Je belde zodra de koorts opliep.'

'Die vent was een imbeciel.' Ze gooide het over een andere boeg. 'Hij beweerde dat koorts het wondermiddel van de natuur was. Hij beweerde dat koorts niet half zo veel kwaad kon als al die hysterische moeders die hun kinderen in ijswater dompelden.'

'Ma. Laat toch zitten,' zei ik.

Maar dat deed ze nooit.

Ze was huisvrouw (zoals zij het noemde), van de laatste generatie vrouwen die meteen na hun studie trouwden. Ze studeerde in juni 1958 af en trouwde in juli. En moest daarna tien jaar wachten voor ze haar eerste kind kreeg, het arme mens, maar evengoed zocht ze geen baan. Ik ben benieuwd hoe ze die tijd zoekbracht. Toen Nandina en ik er eenmaal waren vormden wij haar enige bezigheid. Ze hielp ons onze werkstukken voor techniek te bouwen, en onze kijkdozen. Ze streek ons ondergoed. Ze richtte onze kamers in in kleinemeisjesstijl en kleinejongetjesstijl: rozenknopjes voor Nandina en sportvaantjes voor mij. Het deed er niets toe dat Nandina geen rozenknopjestype was of dat moeder een beroerte kreeg zodra ik ook maar iets sportiefs deed.

Ik was een onbesuisd kind, ondanks mijn verschillen.

Ik was stuntelig maar enthousiast en wilde altijd meedoen als er op straat werd gespeeld, maakte niet uit wat.
Moeder stond dan letterlijk handenwringend achter het
raam toe te kijken, maar vader zei dat ze me gewoon
moest laten doen waartoe ik mezelf in staat achtte. Hij
was niet zo'n piekeraar. Maar hij was natuurlijk ook de
hele dag naar de zaak, en toen bovendien al van middelbare leeftijd. Hij was nooit zo'n vader geweest met wie
ik in het weekend met een bal kon overgooien, of die ik
kon vragen coach van mijn Little League-team te worden.

Zo was ik het grootste deel van mijn kindertijd bezig
me de twee vrouwen in mijn leven van het lijf te houden:
mijn moeder en mijn zus, die allebei op de loer lagen om
me dood te knuffelen. Zelfs zo jong was ik me al bewust
van het gevaar. Je wordt in de watten gelegd. Je wordt
zacht. En dan hebben ze je waar ze je willen hebben.

Is het een wonder dat ik Dorothy een verademing
vond?

De eerste keer dat ze me zag vroeg ze: 'Wat mankeert
er aan je arm?' Ze had haar witte jas aan en vroeg het op
bruuske, zakelijke toon. Na mijn uitleg zei ze alleen
maar 'Aha', en begon over iets anders.

Toen ze voor het eerst bij me in de auto zat keek ze
niet eens vluchtig mijn kant op, zelfs niet het allereerste
moment, om te zien hoe ik reed. Ze had het te druk met
op haar brillenglazen ademen en ze oppoetsen op haar
mouw.

En toen ze voor het eerst merkte dat ik stamelde (eenmaal verliefd op haar werd ik zenuwachtig en onhandig)
hield ze haar hoofd schuin en vroeg: 'Wat is dát? Het
hersenletsel of gewoon zenuwen?'

'O, gewoon-gewoon zenuwen,' zei ik.

'Serieus? Dat vraag ik me af,' zei ze. 'Als je met de linkerhersenhelft te maken hebt... Verdomme.'

'Wat?'

'Ik geloof dat ik mijn sleutels in mijn spreekkamer heb laten liggen.'

Ze was een unieke vrouw, Dorothy. Er was er maar één zoals zij. Hemel, wat liet zij een gat achter. Ik had het gevoel dat ik was uitgewist, dat ik uiteen was gereten.

Toen keek ik de straat door en zag haar op het trottoir staan.

2

Zo stierf ze:

Het was augustus. Begin augustus 2007, drukkend warm en benauwd. Ik was op dat moment verkouden. De zomer is de slechtste periode voor een verkoudheid, vind ik altijd. Je kunt niet gewoon onder een berg dekens kruipen en het uitzweten zoals je 's winters zou doen. Je bent al aan het zweten, alleen niet zo dat je er iets aan hebt.

Ik ging net als anders naar mijn werk, maar ik was nauwelijks bezig of ik begon te klappertanden van de airconditioning. Ik zat in elkaar gedoken aan mijn bureau te rillen en te beven, te hoesten en te proesten en mijn neus te snuiten zodat de prullenbak vol raakte met gebruikte zakdoekjes, tot Irene me naar huis stuurde. Typisch Irene. Ze beweerde dat ik het hele kantoor aanstak. De anderen – Nandina en de rest – hadden erop aangedrongen dat ik naar huis ging voor mijn eigen heil. 'Arme ziel, je ziet er beroerd uit,' zei onze secretaresse. Maar Irene koos voor een egocentrischer benadering. 'Ik vertik het om mijn gezondheid op te offeren voor jouw misplaatste arbeidsethos,' zei ze tegen mij.

Dus zei ik: 'Best. Ik ga al.' Als ze het zó stelde.

'Zal ik je brengen?' vroeg Nandina, maar ik zei: 'Ik kan heus nog wel rijden, hoor.' Toen verzamelde ik mijn spullen en beende de deur uit, kwaad op iedereen en nog kwader op mezelf omdat ik zo stom was geweest ziek te worden. Ik had er de pest aan invalide te lijken.

Maar in m'n eentje in de auto mocht ik van mezelf wel even kreunen en steunen. Ik nieste en liet een lang uitgerekt 'aaah' horen alsof ik een heel stuk zieker was dan in werkelijkheid. Toen ik in de achteruitkijkspiegel keek zag ik dat de tranen uit mijn ogen stroomden. Ik had een verhit gezicht en mijn haar was klam en plakkerig.

We woonden in een zijstraat van Cold Spring Lane, in een ruig, bosachtig gebied een paar minuten rijden van het centrum. Ons huis was een kleine witte bungalow. Niet wat je chic zou noemen, maar Dorothy en ik waren dan ook geen van beiden het *Better Homes and Gardens*-type. Het was precies wat we zochten: alles gelijkvloers met aan de woonkamer vast een serre die een en al licht was en waar we de computer en Dorothy's medische tijdschriften kwijt konden.

Ik was van plan meteen door te lopen naar de serre om wat te werken. Ik had een manuscript bij me dat geredigeerd moest worden. Maar halverwege de woonkamer maakte ik onwillekeurig een omweg naar de bank. Ik plofte erop neer, kreunde nog eens en liet toen mijn paperassen op de vloer vallen en ging languit liggen.

Maar je weet hoe een verkoudheid reageert op een horizontale houding. Ik kreeg meteen geen lucht meer. Mijn hoofd leek wel een kanonskogel. Ik hoopte in slaap te vallen, maar voelde me prompt één bonk kribbige, gespannen energie. Ik ergerde me dood aan de gebruikelijke rommel in onze woonkamer: het bruin kleurende appelklokhuis op de salontafel, de berg onuitgezochte was in een leunstoel, de kranten op de bank waardoor ik mijn voeten niet kon neerleggen zoals ik wilde. In een hoekje van mijn hoofd kwam plotseling een vlaag ijver op, en ik stelde me voor dat ik zou opspringen om orde te scheppen. De stofzuiger uit de kast zou trekken zelfs. Iets zou doen aan die vlek in het tapijt voor de haard. Mijn lichaam bleef daar gewoon liggen, sloom en vol pijntjes, terwijl mijn geest als een bezetene keer op keer dezelfde klussen uitvoerde. Het was doodvermoeiend.

Op de een of andere manier moet de tijd toch voorbij zijn gegaan, want toen de bel ging en ik op mijn horloge keek zag ik dat het na twaalven was. Ik kwam zuchtend overeind en liep naar de gang om open te doen. Daar stond onze secretaresse met een kruidenierszak op haar heup. 'Voel je je al wat beter?' vroeg ze.

'Jazeker.'

'Oké, ik heb soep voor je,' zei ze. 'Iedereen was ervan overtuigd dat je niks te eten voor jezelf zou maken.'

'Bedankt, maar ik heb geen...'

'Voed de verkoudheid, verhonger de koorts!' kweelde ze. Ze duwde met haar elleboog de deur verder open en kwam binnen. 'De mensen vragen zich vaak af wat het nu is,' zei ze. '"Voed de verkoudheid en verhonger de koorts" of "verhonger de verkoudheid en voed de koorts", maar dan hebben ze niet door dat het een als-dan-constructie is. Dus in dat geval kan het allebei, want als je bij verkoudheid flink eet honger je de koorts uit, wat precies de bedoeling is, en als je bij verkoudheid niks binnenkrijgt wordt die gemene koorts juist gevoed.'

Inmiddels liep ze zo langs me heen de gang door –

zo'n vrouw die ervan overtuigd is dat ze in alle situaties weet wat goed voor je is. Net zo iemand als mijn zus eigenlijk. Maar terwijl Nandina lang en slungelig was, was Peggy zacht en golvend, een roze-met-gouden vrouw met een wolk luchtige blonde krullen en een voorkeur voor tweedehandskleding waar te veel kant aan te pas kwam. Ik mocht Peggy heel graag (we hadden op de basisschool altijd bij elkaar in de klas gezeten, wat mogelijk de reden was waarom mijn vader haar had aangenomen), maar dat zachte was misleidend. Zij hield het hele kantoor draaiende; ze was veel en veel meer dan een secretaresse. Als zij een snipperdag nam zat de rest met de handen in het haar: we konden nog niet eens de niettang vinden. Nu liep ze feilloos naar de keuken, trip trip trip op haar Chinese zijden muiltjes, ook al was ze voor zover ik me kon herinneren nog nooit bij ons in de keuken geweest. Ik liep achter haar aan en zei: 'Echt, ik heb geen trek. Ik heb echt geen trek. Ik wil alleen maar...'

'Alleen een beetje soep?' vroeg ze. 'Tomatencrèmesoep? Kippensoep?'

'Nee, dank je.'

Het klonk als: 'Bee, bank je.' Ik had wel in een reclame voor neusspray kunnen zitten.

'De tomatencrèmesoep was Nandina's idee, maar ik dacht aan kippensoep vanwege de proteïne.'

'Dee, echt niet!' zei ik.

'Goed, dan alleen thee. Mijn speciale magische thee voor keelpijn.'

Ze zette de kruidenierszak op het aanrecht en haalde er een doosje Constant Comment uit. 'Ik heb cafeïnevrije genomen,' zei ze, 'zodat je er niet van wakker ligt. Want slaap is het allerbeste wondermiddel, hoor.' Een citroen en een potje honing volgden. 'Ga jij nou maar terug naar je bank.'

'Maar ik wil geen...'

'Maar' werd 'baar'. Eindelijk hoorde Peggy het. Ze draaide zich om van de gootsteen, waar ze de ketel liet vollopen. 'Moet je horen hoe je klinkt!' zei ze. 'Zal ik Dorothy bellen?'

'Nee!' Bee.

'Ik kan gewoon een berichtje voor haar achterlaten bij haar receptie. Ik hoef haar niet te storen.'

'Bee.'

'Dan moet je het zelf maar weten.' Ze zette de ketel op de brander. Ons fornuis was zo ouderwets dat je het met de hand moest aansteken, wat zij op de een of andere manier van tevoren wist, want ze stak zo te zien zonder er zelfs maar naar te hoeven zoeken haar hand uit naar de lucifers. Ik ging op een keukenstoel zitten. Ik keek toe terwijl ze de citroen doormidden sneed, hem uit-kneep boven een beker en intussen de bewezen heilza-me werking van fruitpectine op het immuunsysteem be-sprak. 'Vandaar de Constant Comment,' zei ze, 'vanwe-ge de sinaasappelschilletjes erin,' en toen vertelde ze dat zij als ze verkouden was, wat niet vaak voorkwam omdat zij op de een of andere manier nu eenmaal een natuurlij-ke, aangeboren weerstand scheen te hebben waardoor ze niet vatbaar was voor verkoudheid...

Geen loopneus, maar spraakwater genoeg.

Ze schonk een enorme scheut honing bij de citroen. Zeker vier eetlepels, dat zweer ik je. Ik snapte niet hoe er nog water bij zou kunnen. Toen liet ze er twee thee-zakjes in plonzen en drapeerde met uitgestoken pink de touwtjes over de rand van de beker; dat deftige-dames-gebaartje was vermoedelijk als grapje bedoeld, want meteen daarna zei ze met een quasi-Engels accent: 'Dit wordt bijzónder smakelijk, beste kerel.'

Ik merkte ineens dat ik zware hoofdpijn had, en ik wist bijna zeker dat daar voor haar komst nog geen sprake van was geweest.

Terwijl we wachtten tot de thee getrokken was ging zij op zoek naar een sprei. Voor zover ik wist hadden we he-lemaal geen sprei, maar dat zei ik niet hardop omdat ik blij was even met rust gelaten te worden. Toen ze terug-kwam praatte ze nog steeds. Als haar vader verkouden was, zei ze, had hij altijd een ui genomen. 'Die at hij rauw op, als een appel.' Ze had een sprei van aan elkaar gestikte zeshoeken bij zich. Best mogelijk dat ze die in de linnenkast naast onze slaapkamer had gevonden, en ik wist dat het in onze slaapkamer een puinhoop was. Nou ja, dat kon je verwachten als je ergens onuitgeno-digd binnenviel. Ze drapeerde de sprei om mijn schou-ders en stopte hem onder mijn kin in alsof ik een kind van twee was, terwijl ik me zo klein mogelijk maakte. 'Toen mijn moeder een keer verkouden was kreeg mijn vader haar zo gek dat zij een ui opat,' zei ze. 'Maar ze kotste hem meteen weer uit.' Mijn oren zaten een beetje verstopt en haar stem klonk gedempt en van ver weg, als iets wat je in een droom hoort.

Maar toen de thee eenmaal klaar was deed hij mijn keel goed. De damp hielp ook voor mijn ademhaling. In elkaar gedoken onder mijn sprei dronk ik hem langzaam op. Peggy zei dat haar vader de ui volgens haar beter had kunnen koken. 'Met honing laten sudderen misschien,' zei ze, 'want honing heeft immers antibacteriële eigenschappen.' Ze was nu bezig alle werkvlakken af te nemen. Ik probeerde niet om haar tegen te houden. Wat zou dat hebben uitgehaald? Ik werkte het laatste restje thee weg – het bezinksel was zo zoet dat het glazuur van je tanden sprong – en zette toen zonder iets te zeggen de beker neer en ging terug naar de woonkamer. De sprei sleepte met een zacht ruisend geluid achter me aan en verzamelde onderweg stofpluizen en kruimels. Ik viel op de bank neer. Ik rolde me op in foetushouding om de kranten te ontwijken en viel in een diepe slaap.

Toen ik wakker werd ging de voordeur net open. Ik nam aan dat Peggy wegging. Maar toen hoorde ik het gerinkel van sleutels die in de porseleinen kom in de gang vielen. 'Dorothy?' riep ik.

'Hmm?'

Ze was iets aan het lezen terwijl ze de kamer in kwam, een ansicht die ze op de grond bij de brievenbus moest hebben aangetroffen. Toen ze opkeek zei ze: 'O. Ben je ziek?'

'Alleen een beetje snotterig.' Ik kwam met moeite overeind tot ik zat en keek op mijn horloge. 'Het is vijf uur!'

Ze begreep me verkeerd en zei: 'Er had iemand afgezegd.'

'Ik heb de hele middag geslapen!'

'Ben je niet gaan werken?' vroeg ze.

'Jawel, maar Irene heeft me naar huis gestuurd.'

Dorothy snoof geamuseerd. (Ze kende Irene.)

'En toen kwam Peggy langs met soep.'

Weer gesnuif; Peggy kende ze ook. Ze mikte de post op de salontafel en haalde haar tas van haar schouder. Dorothy zag niets in handtassen. Ze ging nergens naartoe zonder haar schoudertas, een verfomfaaid bruinleren ding waarvan de balgen zo ver waren uitgerekt dat ze op springen stonden, zo'n tas als spionnen in oude zwart-witfilms hebben. Op haar doktersjas, die ze nu uittrok, zat een smoezelige diagonale vlek, over haar borst heen, van de riem. De mensen zagen Dorothy vaak aan voor iemand die in een restaurant werkte, en dan niet als chef-kok. Soms moest ik daarom lachen, maar andere keren niet.

Toen ze de keuken in liep wist ik dat ze haar Triscuits ging pakken. Dat was haar vaste tussendoortje als ze van haar werk kwam: zes Triscuits, niet meer en niet minder, omdat zes de 'aanbevolen portie' was die op de doos werd vermeld. Ze had een heilig ontzag voor het begrip 'aanbevolen portie', zelfs wanneer dat een halve cupcake was (wat vaker voorkwam dan je misschien zou denken).

Alleen stonden de Triscuits die dag niet op hun plek. 'Heb jij de Triscuits gezien?' riep ze vanuit de keuken.

'Wat? Nee,' zei ik. Ik had mijn voeten op de vloer gezet en vouwde de sprei op.

'Ik kan ze niet vinden. Ze staan niet op het aanrecht.'

Ik zei niets, omdat ik niet wist wat ik zou moeten zeggen. Even later verscheen ze in de deuropening van de eetkamer. 'Heb jij daar opgeruimd?' vroeg ze.

'Wie, ik?'

'Er staat helemaal niks op de werkvlakken. Ik kan niks vinden.'

Ik trok een gezicht. 'Dat zal Peggy wel hebben gedaan, denk ik.'

'Ik wou dat ze overal af was gebleven. Waar zou ze de Triscuits gelaten kunnen hebben?'

'Ik heb geen idee.'

'Ik heb in de kastjes gekeken, en in de provisiekast...'

'Ze komen heus wel weer tevoorschijn,' zei ik.

'Maar wat moet ik dan zolang eten?'

'Wheat Thins?' opperde ik.

'Die lust ik niet,' zei Dorothy. 'Triscuits, die lust ik.'

Ik liet mijn hoofd achteruit tegen de bank zakken. Ik kreeg eerlijk gezegd een beetje genoeg van het onderwerp.

Jammer genoeg merkte ze dat. 'Dit mag voor jóú dan niet belangrijk zijn,' zei ze, 'maar ik heb de hele dag nog geen hap gegeten. Het enige wat ik op heb is koffie! Ik verga van de honger.'

'En wiens schuld is dat dan wel?' vroeg ik. (We hadden dit gesprek al vaker gevoerd.)

'Je weet best dat ik het te druk heb om te eten.'

'Dorothy,' zei ik. 'Van het moment dat je 's ochtends wakker wordt tot het moment dat je 's avonds thuiskomt leef je op koffie en suiker en koffiemelk. Vooral suiker en koffiemelk. En dat noemt zich dokter!'

'Ik bén dokter,' zei ze. 'Een dokter die heel hard werkt. Ik heb geen moment vrij.'

'Net als de rest van de wereld, maar die slaagt er toch in om af en toe even te eten.'

'Nou, misschien is de rest van de wereld niet zo consciëntieus,' zei ze.

Ze stond nu met haar vuisten op haar heupen. Ze had wel iets van een buldog. Dat was me nog nooit opgevallen.

O, waarom, waarom, waarom moest me dat nu net die middag opvallen? Waarom had ik niet kunnen zeggen: 'Hoor eens, het is duidelijk dat je omvalt van de honger en zo te merken word je daar kribbig van. Kom op, dan gaan we in de keuken iets te eten voor je zoeken.'

Ik zal je vertellen waarom. Omdat ze toen zei: 'Maar wat weet jij daar nou van? Jij met je kindermeisjes die voor je af en aan rennen en soep voor je maken.'

'Hij was niet zelfgemaakt, hij kwam uit blik,' zei ik. 'En ik had niet om soep gevraagd. Ik heb hem niet eens opgegeten. Ik heb tegen Peggy gezegd dat ik hem niet hoefde.'

'Wat deed ze dan in de keuken?'

'Ze heeft thee voor me gezet.'

'Thee!' herhaalde Dorothy. Ik had evengoed opium kunnen zeggen. 'Ze heeft théé voor je gezet?'

'Wat is daar mis mee?'

'Je lust niet eens thee!'

'Het was medicinale thee, voor mijn keel.'

'O, voor je kéél,' zei Dorothy met overdreven medegevoel.

'Ik had keelpijn, Dorothy.'

'Doodgewone keelpijn, en meteen komt iedereen aanrennen. Waarom gaat dat altijd zo? Drommen toegewijde bedienden die zich uitsloven om jou te verzorgen.'

'Nou, ie-ie-iemand moest het toch doen,' zei ik. 'Ik heb er niks van gemerkt dat jij voor me zorgde.'

Ze was even stil. Toen liet ze haar handen van haar

heupen vallen en liep naar haar schoudertas. Ze raapte hem op en verdween in de serre. Ik hoorde het kraken van het leer toen ze de tas op het bureau zette, en toen het piepen van de draaistoel.

Kinderachtige ruzie. Die hadden we, af en toe. Welk stel niet? We leefden niet in een sprookje. Maar deze specifieke ruzie leek wel bijzonder zinloos. In wezen had ik er juist de pest aan verzorgd te worden, en had ik doelbewust een niet-zorgzaam type als vrouw gekozen. En het zou Dorothy niets uitmaken als er iemand thee voor me zette. Hoogstwaarschijnlijk zou ze opgelucht zijn. Het was gewoon van dat dwaze gekibbel over iets wat ons geen van beiden een zier kon schelen, maar nu stonden we allebei klem en wisten we niet hoe we ons moesten bevrijden.

Ik hees me van de bank overeind en liep de gang door naar de slaapkamer. Ik deed de deur geluidloos dicht en ging op de rand van het bed zitten, waar ik mijn schoenen uittrok en mijn beugel afdeed. (Ik draag een beugel van polypropeen ter correctie van een klapvoet.) Het klittenband maakte een scheurend geluid toen ik het lostrok – rats! rats! – en ik kromp in elkaar, want ik wilde niet dat Dorothy raadde wat ik van plan was. Ik hield haar liever nog even in onzekerheid.

Ik bleef stil zitten luisteren, maar het enige wat ik hoorde was weer gekraak. Alleen kon dat niet haar schoudertas zijn geweest. Daarvoor was ze te ver weg. Vast een vloerplank in de gang, dacht ik.

Ik ging languit op de gekreukte lakens liggen en tuurde naar het plafond. Slapen kon ik wel vergeten. Dat besefte ik nu wel. Ik had de hele middag al geslapen. Wat ik moest doen was naar de keuken gaan om iets klaar te maken wat lekker rook, iets wat Dorothy de serre uit zou lokken. Hamburgers misschien? Ik wist dat we nog een pond...

Krák! Nog luider nu. Of eigenlijk geen krak, maar een klap, want het kraken duurde te lang en zwol toen aan tot een dreun! gevolgd door lichtere dreunen, met nu en dan gerinkel, geknetter en gebonk. Mijn eerste gedachte (ik weet dat het bespottelijk klinkt) was dat Dorothy veel nijdiger moest zijn dan ik had aangenomen. Maar al terwijl ik dat dacht moest ik toegeven dat ze geen type voor driftbuien was. Met bonkend hart ging ik overeind zitten. 'Dorothy?' riep ik. Ik kwam onhandig van het bed af. 'Dorothy! Wat was dat?'

Ik was al op kousenvoeten bij de deur voor ik aan mijn beugel dacht. Ik kon wel zonder lopen, min of meer, maar het zou langzaam gaan. Omdraaien en hem omdoen? Nee, geen tijd voor. En waar had ik mijn wandelstok gelaten? Geen flauw idee. Ik rukte de slaapkamerdeur open.

Het leek alsof ik aan de rand van een bos stond.

De gang was één massa twijgjes, bladeren en stukken schors. Zelfs de lucht was vol schors: droge snippers zweefden rond in een stoffig waas, en vanuit het niets kwam plotseling een vogeltje of een heel groot insect aanzoeven. Er klonk een los ping! of tik! of pop! telkens als er een voorwerp neerkwam: een ruit die uit een raam viel, iets van hout dat op de houten vloer belandde. Ik greep een afgebroken tak beet en gebruikte die als kruk terwijl ik probeerde eromheen te komen. Het was me nog niet duidelijk wat er was gebeurd. Ik was als verdoofd, misschien wel in shock, en dit ging mijn bevattingsvermogen te boven. Het enige wat ik wist was dat het bos in de woonkamer nog dichter was, en dat Dorothy zich daarachter bevond, in de serre, waar ik niets anders zag dan bladeren, bladeren, bladeren en takken zo dik als mijn romp.

'Dórothy!'

Geen antwoord.

Ik stond in de buurt van de salontafel. Daar kon ik één hoek van zien, de eierlijst om de rand, en was het niet interessant dat de benaming 'eierlijst' me zo vlot te binnen schoot. Toen ik weer naar de serre keek zag ik dat ik me nooit door die jungle heen zou kunnen worstelen, en daarom keerde ik om met het idee door de voordeur naar buiten te gaan en om te lopen naar de zijkant van het huis, naar de buitendeur van de serre. Maar onderweg naar de gang kwam ik langs de bijzettafel naast de bank (de bank was nu onzichtbaar), waarop de draadloze telefoon lag, ook al bezaaid met stukjes schors. Ik pakte hem en drukte op de beltoets. Wonderbaarlijk genoeg hoorde ik de kiestoon. Ik probeerde 911 in te toetsen, maar mijn hand trilde zo dat ik steeds per ongeluk het hekje raakte. Ik moest twee keer opnieuw beginnen voor ik eindelijk verbinding kreeg. Ik hield de telefoon aan mijn oor.

Een vrouw zei: 'Polisbank, weer een ambulance.'

'Wat?'

'Polisbank, weer een ambulance.'

'Wát?'

'Politie?' vroeg ze vermoeid. 'Brandweer? Of ambulance?'

'O, po-po-wacht, ik weet niet! Brandweer! Nee, ambulance! Een ambulance!'

'Wat is het probleem, meneer?' vroeg ze.

'Er is een b-b-b-boom omgevallen!' zei ik, en pas op dat moment scheen tot me door te dringen wat er was gebeurd. 'Er is een boom op mijn huis gevallen!'

Ze nam mijn informatie zo traag op dat haar traagheid instructief bedoeld leek, een voorbeeld van hoe je je diende te gedragen. Maar ik moest zoveel doen! Ik kon daar niet de hele dag blijven staan! Ik had ooit gelezen dat de telefonisten bij 911 speciale apparatuur hadden waarop ze het adres van de beller konden aflezen, en ik snapte niet waarom ze me al die vragen stelde terwijl ze de antwoorden al moest weten. 'Ik moet nodig... ik moet nodig...' begon ik protesterend, en dat deed me gek genoeg denken aan een kind dat moet plassen, en plotseling kreeg ik het gevoel dat ik echt moest plassen, en ik vroeg me af hoe lang het zou duren voor ik weer aan zo'n alledaagse bezigheid toe zou komen.

In de verte hoorde ik een sirene. Ik weet nog altijd niet of die naar aanleiding van mijn telefoontje kwam. Hoe dan ook, ik liet zonder te groeten de telefoon vallen en wankelde naar de gang.

Toen ik de voordeur opende vond ik buiten nog meer boom. Waarom weet ik niet, maar ik had verwacht dat ik eenmaal buiten vrij baan zou hebben. Ik sloeg takken weg en spuwde mugjes en gruis uit. De sirene klonk zo luid dat het wel een mes in mijn oren leek. Toen zweeg hij, en terwijl ik tussen het laatste stuk boom uit kwam zag ik de brandweerwagen: een mooie, glimmend rood, en daarachter stopte een ambulance. Een man in volledige vuurbestrijdingsuitrusting – waarom in vredesnaam? – sprong uit de auto en riep: 'Niet bewegen! Staan blijven! Ze komen met een brancard!'

Ik liep door, want hoe konden ze weten waar ze met dat ding naartoe moesten als ik hun dat niet wees? 'Stop!' riep hij, en iemand uit de ambulance – niet met een brancard; nergens een brancard te bekennen – kwam aanrennen en wikkelde zijn armen als een dwangbuis om me heen. 'Wacht hier. Niet proberen te lopen,' zei hij. Zijn adem rook naar chili.

'Ik kan prima lopen,' zei ik.

'J.B.! Breng de brancard!'

Ze dachten zeker dat ik de gewonde was. De pas gewonde, bedoel ik. Ik weerde hem af. 'Mijn vrouw!' zei ik. 'Aan-aan-aan...'

'Oké, makker. Rustig maar.'

'Waar is ze?' vroeg een brandweerman.

'Aan de...'

Ik zwaaide met mijn arm. Toen keek ik om in de richting waarin ik zwaaide – de noordkant van het huis – en zag dat die niet meer bestond. Ik zag alleen maar boom en nog eens boom.

'Man, o man,' zei de brandweerman.

Ik kende die boom. Het was een witte eik. Hij stond al een eeuwigheid in de achtertuin, vermoedelijk al lang voordat ons huis werd gebouwd, en hij was reusachtig, onderaan wel een halve meter doorsnee, en helde zo duidelijk over naar ons dak dat ik hem elk jaar had laten inspecteren door de mannen die in september de bomen kwamen snoeien. Maar ze verzekerden me altijd dat hij gezond was. Oud, dat wel, en misschien kreeg hij niet meer zo veel blad als vroeger, maar gezond. 'En bovendien,' had de ploegbaas tegen me gezegd, 'zelfs al zou hij ooit omvallen, hij staat zo dicht bij het huis dat hij niet veel schade zou aanrichten. Hij zou alleen, zeg maar, op het huis gaan leunen. Hij heeft niet genoeg ruimte om vaart te krijgen.'

Maar hij had het mis gehad. Allereerst was de boom blijkbaar niet gezond geweest. Hij was omgevallen op een dag zonder een zuchtje wind, zonder zelfs maar een briesje. En ten tweede had hij een helebóél schade aangericht. Toegegeven, eerst had hij geleund (dat moest dat eerste kraken zijn geweest dat ik had gehoord), maar daarna had hij het dak helemaal van het midden tot het ene uiteinde ontwricht. En de serre had hij volkomen vermorzeld.

'Haal 'r d'ruit!' zei ik. 'Haal 'r d'ruit! Haal 'r d'ruit!'

De man die me vasthield zei: 'Oké, man, even volhouden.' Inmiddels hield hij me letterlijk overeind. Op de een of andere manier hadden mijn knieën het begeven. Hij loodste me achteruit naar een gietijzeren tuinstoel waar we nooit in zaten en hielp me erin. 'Ergens pijn?' vroeg hij, en ik zei: 'Nee! Haal 'r d'ruit!'

Hád ik maar pijn. Ik háátte mijn lichaam. Ik haatte het daar machteloos te moeten zitten terwijl sterkere, bekwamere mannen zich inspanden om mijn vrouw te redden.

Ze riepen om werklui en kettingzagen en bijlen, en politiewagens om de straat af te zetten en een kraan om het grootste stuk van de stam op te tillen. Daar moet wel enige tijd overheen zijn gegaan, maar ik zou niet weten hoeveel. Intussen was er een oploop ontstaan: onze buren en toevallige voorbijgangers. De oude Mimi King van de overkant van het steegje bracht me een glas ijsthee. (Ik nam maar een klein slokje, uit beleefdheid.) Jim Rust legde een roze gebreid babydekentje om mijn schouders. Het moet meer dan vijfentwintig graden zijn geweest en ik baadde in het zweet, maar ik bedankte hem. 'Het komt heus wel goed met haar,' zei ik, omdat hij dat niet had gedaan en ik vond dat iemand het toch moest zeggen.

'Laten we dat maar hopen, Aaron,' zei hij.

Het zat me niet lekker dat hij mijn naam erbij zei. Ik was de enige die luisterde. Goeie genade, hij hoefde toch niet aan te geven tegen wie hij het had.

Er kwamen twee mannen tussen de takken vandaan strompelen met een grote berg oude kleren. Die legden ze op een brancard, en mijn hart stokte. 'Wat...?' vroeg ik. Ik werkte me uit mijn stoel omhoog en zakte bijna op de grond in elkaar. Ik greep me aan Jim vast voor steun. Hij riep hen na: 'Leeft ze nog?' en ik dacht: hij heeft het recht niet! Dat is míjn vraag! Maar toen zei een brandweerman: 'Haar hart klopt nog,' en prompt was ik Jim zo dankbaar dat de tranen me in de ogen sprongen. Ik klampte zijn arm steviger vast en zei: 'Breng mebreng...' en hij begreep het en bracht me ernaartoe.

Haar gezicht was nog net zo maanvormig, glad en met ronde wangen, de ogen dicht, maar ze was ontzettend vuil. En de ronding van haar boezem was eerder een... kuil. Maar dat was logisch! Ze lag op haar rug! Vrouwenborsten worden toch plat als ze op haar rug...

'Ze bloedt tenminste niet,' zei ik tegen Jim. 'Ik zie nergens bloed.'

'Nee, Aaron,' zei hij.

Ik wou dat hij niet steeds mijn naam erbij zei.

Ik wilde met haar meerijden in de ambulance, maar er waren te veel mensen met haar bezig. Daarom zeiden ze dat ik achter hen aan naar het ziekenhuis moest rijden. Intussen was Jims vrouw, Mary-Clyde, erbij gekomen en zij zei dat Jim en zij me zouden brengen. Mary-Clyde was lerares, een en al kordaat overwicht. Toen ik tegenwierp dat ik zelf wel kon rijden zei ze: 'Natuurlijk wel, maar dan moet je gaan parkeren en alles, dus laten we het maar gewoon zo doen, ja?' 'Goed,' zei ik gedwee. Daarna vroeg ze waar ze mijn schoenen kon vinden. 'O, Mary-Clyde,' zei Jim, 'op zo'n moment maakt hij zich toch niet druk om zijn schoenen.' Maar dat deed ik wel; het spijt me, maar dat deed ik wel; ik vertelde waar ze stonden en vroeg haar mijn beugel ook mee te brengen.

Ze brachten Dorothy naar Johns Hopkins. Hopkins was het toppunt van hightech, uitermate modern en geavanceerd, dus dat was goed. Aan de andere kant was het ook het ziekenhuis waarvan iedereen in Baltimore met een greintje gezond verstand wist dat je moest zorgen er alleen in uiterste noodsituaties terecht te komen: een reusachtig, gevoelloos, dickensiaans labyrint waar patiënten vaak urenlang vergeten in haveloze souterraingangen verkommerden, dus wat dat betreft was het helemaal niet goed. O, welkom in de wereld van de naaste verwant: goed nieuws, slecht nieuws, op, neer, op en weer neer, eindeloze dagen lang. De operatie was geslaagd, maar toen toch weer niet, en ze moest met spoed terug naar de operatiekamer. Ze was 'gestabiliseerd', wat dat ook mocht betekenen, maar toen sloegen al haar apparaten op hol. Het werd zo erg dat ik, telkens als een arts zijn hoofd om de wachtkamerdeur stak, demonstratief de andere kant op keek, als een gevangene die doet alsof hij zich niet door zijn folteraar van slag laat brengen. De andere mensen – de vreemden die overal om me heen in gezellige groepjes bivakkeerden – keken verlangend op, maar ik niet.

Ik mocht haar maar kort zien, met lange tussenpozen. Al weet ik niet of je het eigenlijk wel 'zien' kunt noemen. Haar gezicht ging volledig schuil achter buisjes, snoeren en slangen. Haar ene hand lag op het laken, een van haar mollige bruine handen met de iets donkerder knokkels, maar daar stak ook al een buisje uit en hij zat vol dikke pleisters, zodat ik hem niet kon vasthouden. En haar vingers waren slap als klei. Het was wel duidelijk dat ze het hoe dan ook niet zou hebben gemerkt als ik haar aanraakte.

'Raad eens, Dorothy,' zei ik tegen haar roerloze gestalte. 'Weet je nog, die eik waar ik me altijd zo druk om maakte?'

Ik wilde haar zoveel vertellen. Niet alleen maar over de eik, vergeet die eik maar. Geen flauw idee waarom ik daar eigenlijk over begon. Wat ik eigenlijk wilde zeggen: 'Als ik op dit moment op *rewind* kon drukken en ons weer in ons huisje terug kon zetten, dan zou ik me echt niet in een andere kamer opsluiten. Dan zou ik je achternakomen naar de serre. Dan zou ik achter je komen staan terwijl je daar aan je bureau zat, en mijn wang op je warme hoofd leggen tot je omkeek.'

Als ze dat had gehoord zou ze hebben gesnoven, zoals ze zo vaak deed.

En vroeger zou ik zelf ook hebben gesnoven.

Zal ik je iets geks vertellen: ik was mijn verkoudheid kwijt. Ik bedoel niet dat ze overging; ik bedoel dat ze ineens weg was, ergens tussen het moment dat ik die thee dronk en het moment dat ik de wachtkamer in liep. Het zal wel zijn gebeurd toen ze Dorothy probeerden te redden. Ik weet nog dat ik onder dat roze dekentje van Jim Rust zat en dat ik toen niet hoefde te niezen of te snuiten. Misschien kun je door de klap van een boomstam van verkoudheid afkomen, of door een psychisch trauma. Of door een combinatie van die twee.

Ze bleven er maar op aandringen dat ik een poosje naar huis ging om bij te komen. Naar Nandina, bedoelden ze, want iedereen had het idee dat mijn eigen huis onbewoonbaar was. Jim en Mary-Clyde drongen erop aan, en iedereen van mijn werk, en diverse bekenden die ik tegen het lijf liep. (Mijn eik had kennelijk de krant gehaald.) Ze kwamen met hun verpakte sandwiches en hun afgedekte bakjes salade waar ik niet aan moest denken, laat staan dat ik ze kon opeten; zelfs Irene bracht een doos gourmetchocolaatjes mee; en ze beloofden het fort te bewaken terwijl ik er even tussenuit ging. Maar ik weigerde om weg te gaan. Ik zal wel hebben gedacht dat ik Dorothy op de een of andere manier in leven hield. (Niet lachen.) Ik ging niet eens naar huis om iets schoons aan te trekken. Ik hield diezelfde smerige kleren aan en ik kreeg stoppels op mijn gezicht, die gingen jeuken.

Maar nadat Mary-Clyde mijn wandelstok had opgespoord ging ik wel af en toe even de gang op en neer lopen. Niet omdat ik daar zin in had, maar omdat mijn been begon te verstijven door gebrek aan beweging. Op weg naar de wc viel ik een keer op de grond. Daarom koos ik een moment vlak na de paar minuten dat ik bij Dorothy mocht, en ik liet het personeel precies weten waar ik was en wanneer ik terugkwam. 'Prima,' zeiden ze dan, ze luisterden nauwelijks. En dan liet ik een hele stroom aanwijzingen achter: 'Misschien kunnen jullie beter even controleren of ze het wel warm genoeg heeft; volgens mij is ze niet echt...'

'Ja, komt voor elkaar; ga nu maar.'

Wat ik eigenlijk wilde zeggen was: 'Dit is één bepaalde persoon, hebben jullie dat wel door? Niet zomaar een *patiënt*. Ik wil zeker weten dat jullie dat beseffen.'

'Mmhmm,' zouden ze daarop hebben gemompeld.

Terwijl ik de gangen op en neer liep had ik het idee van iets rekkends, broze elastische draden tussen Dorothy en mij die werden uitgerekt, en ik zag dingen die ik liever wilde vergeten. Ik zag kale kinderen met enorme ogen, skeletachtige mannen die haast geen adem kregen, en bejaarden op brancards met zo veel zakjes en buisjes aan hun lijf dat ze niets meer van mensen hadden. Ik wendde mijn blik af. Ik kon het niet aanzien. Ik keerde om en ging terug naar mijn folteraars.

Op een woensdagmiddag verschenen de schoenen voor me. Ik wist dat het woensdag was omdat er in de krant op de stoel naast me een kleurenfoto stond van smerige lasagne met zeevruchten. (Op woensdag schijnen kranten altijd extra aandacht aan voedsel te besteden.) De schoenen waren klompen. Zwartleren klompen. Die droeg het ziekenhuispersoneel meestal, was me opgevallen. Het zag er bijzonder onprofessioneel uit. Ik keek op. Het was een verpleegkundige; ik kende hem. Herkende hem, bedoel ik. Van andere keren. Hij was een van de aardigsten. 'Meneer Woolcott?' zei hij.

'Ja.'

'Komt u maar even mee.'

Ik stond op en pakte mijn wandelstok. Ik liep achter hem aan de deur door en de intensive care binnen. Het was nog geen tijd voor een bezoekje. Ik had mijn bezoekje net gehad, nog geen halfuur geleden. Ik voelde me uitverkoren en bevoorrecht, maar toen ook een beetje, ik weet niet, ongerust.

De snoeren en slangen waren weggehaald en ze lag griezelig stil. Ik had eerst ook al gedacht dat ze stillag, maar ik had geen idee gehad. Geen flauw benul.

3

Vroeger zat er in Reistertown Road een zuivelhandel met een verlicht witglazen bord buiten waarop stond: FAVORIET BIJ DE KRITISCHE KLANT. Er stond een silhouet bij van een vrouw achter een kinderwagen – die baby moest zeker een kritische klant voorstellen – en die vrouw vlóóg zo ongeveer, met grote, zelfverzekerde passen, in een jurk die om haar knieën wapperde, ook al leefden we in de periode van de minirok. Als we vroeger met mijn ouders langs dat bord kwamen moest ik altijd aan mijn zus denken. Dat was nog voordat ze een tiener was, maar toch moest ik dan aan haar denken, want het leek wel of Nandina slungelig en klunzig was geboren, zonder een greintje modegevoel. Ik zeg niet dat ze onaantrekkelijk was. Ze had heldergrijze ogen, een prachtige huid en glanzend bruin haar, dat ze met één zilveren speld boven haar voorhoofd strak naar achter droeg. Maar die speld zegt alles: die droeg ze nog steeds, ook al werd ze bij haar volgende verjaardag veertig. Een overjarig meisje, dat was ze, en dat was ze van jongs af aan geweest. Ze droeg van die schoenen met een bandje over de voet, van die platte schuiten om haar lengte te verdoezelen. Haar ellebogen staken uit als kleerhangers en haar benen liepen als rechte stokken omlaag naar de pingpongbalachtige knobbels bij haar enkels.

De middag dat Dorothy stierf bracht zij me van het ziekenhuis naar huis, en terwijl ik naast haar zat benijdde ik haar om haar koelbloedigheid. Ze reed met twee handen aan het stuur, op tien voor twee zoals vader het haar al die jaren geleden had geleerd. Haar houding was onberispelijk. (Ze was nooit zo'n vrouw geweest die denkt dat je met afhangende schouders kleiner lijkt.) Eerst probeerde ze me tot een gesprekje te verleiden – warme dag, geen regen voorspeld, medelijden met die arme boeren – maar toen ze merkte dat ik dat niet aankon hield ze haar mond. Dat was een van haar goede kanten. Ze had geen moeite met stilte.

We reden door de kale woestenij rondom Hopkins, met zijn dichtgetimmerde rijtjeshuizen en zijn met afval bezaaide trottoirs, maar wat mij vooral opviel was hoe gezond iedereen was. De vrouw die haar peuter aan zijn pols meesleurde, de tieners die elkaar van de stoep duwden, de man die tersluiks in een geparkeerde auto gluurde: er was lichamelijk niets mis met hen. Een jongen die bij een kruising stond had zo veel overtollige energie dat hij van de ene voet op de andere stuiterde terwijl hij wachtte tot wij langs waren. Iedereen zag er zo robuust, zo onverwoestbaar uit.

Ik draaide me om zodat ik door het achterraampje naar Hopkins kon kijken, naar de antieke koepel, hoge voetgangersbruggen en zijgevels van hoge gebouwen – een complete, complexe stad die in de verte oprees als een soort Camelot. Toen ging ik weer recht zitten.

Nandina wilde me mee naar haar huis nemen. Ze vond het mijne niet geschikt om in te wonen. Maar ik klampte me vast aan het idee eindelijk op mezelf te zijn,

bevrijd van al die medelijdende blikken en al dat mee-
voelende gemompel, en ik stond erop dat ze me naar
huis bracht. Dat ze zo vlot toegaf had me aan het denken moeten zetten. Bleek dat ze aannam dat ik wel van
gedachten zou veranderen als ik er eenmaal was. Zodra
we in de buurt kwamen ging ze langzamer rijden opdat
het effect van al die takjes en twijgjes waar de hele straat
bezaaid mee lag beter tot me door kon dringen – míjn
takjes en twijgjes. Voor mijn huis hield ze stil en zette de
motor af. 'Als ik hier nou eens gewoon even blijf wachten,' zei ze 'tot jij zeker weet dat je je hier thuis kunt voelen.'

Het duurde even voor ik reageerde. Ik staarde naar
het huis. Het was waar dat het er nog erger aan toe was
dan ik me had voorgesteld. De omgevallen boom lag
overal, niet in één rechte lijn, maar door de hele tuin
heen, alsof hij bij het neerkomen uiteengespat was. De
hele noordzijde van het huis hing tegen de grond, ter
hoogte van de serre was het vrijwel met de grond gelijk.
Een groot deel van het dak ging schuil onder een knal-
blauw plastic zeil. Dat had Jim Rust geregeld. Ik herinnerde me vaag dat hij dat had verteld. Bij de nok zat er
een kuil in dat plastic die me aan de kuil in Dorothy's
borst deed denken, toen de reddingswerkers haar naar
buiten droegen, maar nu even niet, niet aan denken, aan
iets anders denken. Ik keek Nandina aan en zei: 'Ik red
me wel. Bedankt voor de lift.'

'Misschien kan ik beter even mee naar binnen gaan.'

'Nandina. Wegwezen.'

Ze zuchtte en startte weer. Ik gaf haar een kus op haar
wang – een concessie. (Gewoonlijk ben ik niet zo de-

monstratief.) Toen hees ik me uit de auto, sloot het portier en beende weg.

Het duurde even voor ik haar verder hoorde rijden, maar ze deed het uiteindelijk wel.

Voor het geval dat de buren me vanuit hun raam gadesloegen, zorgde ik ervoor op het huis af te lopen als een doodgewone man die thuiskomt na een dagje uit. Ik prikte energiek met mijn wandelstok in het pad naar de voordeur en wierp een vaag geïnteresseerde blik op de afgevallen takken. Ik deed de voordeur van het slot, opende hem en deed hem achter me dicht. Zakte ertegenaan alsof ik een trap in mijn buik had gekregen.

In de gang hing een griezelig blauw licht van het blauwe plastic, dat zichtbaar was door de gaten in het plafond. De woonkamer had nog te veel van een jungle om erdoorheen te lopen en natuurlijk probeerde ik niet eens naar de serre daarachter te kijken. Ik stapte over een vloer vol post heen en liep door naar achteren. In de keuken vond ik tot mijn opluchting niet meer dan hier en daar wat houtsnippers op alle oppervlakken en één kapotte ruit waar een losse tak doorheen was gegaan. Maar in de eetkamer, rechts, was het een puinhoop. Na één vluchtige blik naar binnen deed ik de deur weer dicht. Maar dat gaf niet. Je kon toch prima zonder eetkamer! Ik kon wel in de keuken eten. Ik ging naar de gootsteen en draaide de kraan open. Er kwam meteen water uit.

In de gootsteen stond een beker, de binnenkant was geglazuurd met ingedroogde honing met minieme spikkeltjes bast en er leunde een theelepeltje tegen de rand.

Dingen die nog maar pas zijn gebeurd kunnen soms ineens ontzettend lang geleden lijken.

Ik liep de gang weer door om de logeerkamer, de badkamer en onze slaapkamer te inspecteren. Allemaal prima. Misschien kon ik terwijl ik de boel liet repareren de logeerkamer zolang als woonkamer gebruiken. In de douchecabine vond ik een sprinkhaan. Ik liet hem zitten waar hij zat. In de slaapkamer kwam ik in de verleiding op bed te gaan liggen en domweg plat te gaan – niet zozeer in slaap te vallen als wel het bewustzijn te verliezen – maar ik gaf er niet aan toe. Ik had een opdracht te vervullen. Ik liep naar Dorothy's kant van het bed en trok de la van haar nachtkastje open. Ik was bang dat ze haar adresboekje mee naar de serre had genomen, zoals ze soms deed, maar nee, daar lag het, onder een nummer van *Radiology Management*.

Haar meisjesnaam was Rosales. (Zo heette ze nog steeds. Ze had haar naam niet veranderd toen we trouwden.) Er stonden verscheidene Rosales'en in het adresboekje, allemaal in Dorothy's puntige, onbeholpen handschrift, maar de Rosales die ik koos was Tyrone, haar oudste broer. Na de dood van haar vader was hij het gezinshoofd geworden en als ik hem belde hoefde ik de anderen niet ook nog te bellen, nam ik aan. En ik nam ook aan dat ik met een beetje geluk niet Tyrone maar zijn vrouw zou treffen, omdat het in Texas nog maar net na het middaguur was en Tyrone zelf hoogstwaarschijnlijk op zijn werk was. Ik had Tyrone en zijn vrouw geen van beiden ooit ontmoet – of wie dan ook van haar familie, trouwens – maar het leek me dat een alleen-maar-schoonzus minder geneigd zou zijn tot een emotionele reactie. Ik zag erg tegen een mogelijk emotionele reactie op. Eigenlijk zou ik het liefst helemaal niet bellen. Konden we niet gewoon doorgaan alsof er niets was gebeurd? Dorothy zag haar familie toch al nooit. Wie zou het merken? Maar Nandina had gezegd dat ik het moest doen.

De telefoon ging daarginds drie keer over, zodat ik al op een antwoordapparaat begon te hopen. (Al wist ik maar al te goed dat ik het niet kon maken om domweg een bericht in te spreken.) Toen een scherpe klik. 'Hallo?' Een mannenstem, laag en snauwerig.

'Tyrone Rosales?'

'Met wie spreek ik?'

'Met-met...'

Dat ik nou net nu, nu het echt niet kon, last van mijn spraakprobleem moest krijgen. Ik dwong mezelf tot kalmte. Haalde diep adem. 'Aaron,' zei ik heel langzaam. A-woorden gaan me beter af, zolang ik ze maar rustig kan aanblazen, zonder hard begin. Maar ik voelde aankomen dat 'Woolcott' problemen zou kunnen opleveren en daarom zei ik: 'Je z-z-zwa...'

'Aaron, de man van Dórothy?' vroeg hij.

'Mmhmm.'

'Wat is er aan de hand?'

Ik haalde weer diep adem.

'Is er iets met haar?' vroeg hij.

'Er is een b-b-b- een boom op het huis gevallen,' zei ik. Stilte.

'Er is een boom op het huis gevallen,' zei ik nog eens.

'Is alles goed met haar?'

'Nee.'

'Is ze dood?'

'Ja,' zei ik.

'O,' zei Tyrone. 'Goeie god.'

Ik wachtte terwijl het tot hem doordrong. Bovendien was het rustgevend, om niet te praten.

Ten slotte vroeg hij: 'Wanneer is de dienst?'

'Er komt-komt geen dienst.'

Dat hadden Nandina en ik al besloten. En ook geen begrafenis; alleen een crematie. Ik dacht dat Dorothy dat het liefst zou hebben.

'Geen dienst,' zei Tyrone.

Even stilte.

'Ze is godsdienstig opgevoed,' zei hij.

'Ja, maar...'

Het leek het beste om het daarbij te laten: ja, maar.

'Tja,' zei Tyrone na weer even zwijgen, 'we hadden de dieren ook niet makkelijk alleen kunnen laten.'

'Nee.'

'Heeft ze geleden?'

'Nee!'

Ik haalde weer diep adem.

'Nee,' zei ik, 'ze heeft niet geleden.'

'Het was altijd zo'n pittige meid. Met een eigen wil.'

'Dat is zo.'

'Ik weet nog een keer toen we klein waren en ik en de anderen op een bloedhete dag op een brok zacht teer van de weg zaten te kauwen, en Dorothy komt langs en wij zeggen: "Hier, Dorothy, proef ook maar 's." En zij zegt: "Geintje zeker?" Ze zegt: "Waarom zou ik een stuk stráát willen opeten?"'

Ja, dat klonk echt als Dorothy. Ik hóórde het haar zeggen. Het had me altijd onvoorstelbaar geleken: Dorothy als kind, maar nu zag ik haar duidelijk voor me.

'Ze is naar dat meisje uit *De Tovenaar van Oz* genoemd,' zei Tyrone. 'Dat heeft ze zeker wel verteld.'

'O. Nee, nooit.'

'Dat was opa's idee. Die heeft al onze namen bedacht.
Hij wou er zeker van zijn dat we Amerikaans klonken.'

'Ik snap het.'

'Oké,' zei hij. 'Goed. Bedankt voor het bellen. En gecondoleerd.'

'Jij ook gecondoleerd,' zei ik.

Daarna viel er niets meer te zeggen. Hoewel ik gek genoeg ook niet wilde ophangen. Toen hij daarnet aan het
woord was, was Dorothy weer even de oude geweest: ei-
genzinnig, stoer en koppig. Niet het passieve slacht-
offer dat ze gedurende haar laatste dagen was geworden.

Het was maar goed dat ik werk had om naartoe te gaan.
Mijn werk was mijn redding. Ik ging vroeg van huis en
nam geen pauze, ook niet voor de lunch. Het enige na-
deel waren mijn collega's, zo bedroefd en bezorgd. Behalve Irene dan. Niemand zou Irene ooit van bezorgdheid kunnen betichten. Maar Irene ontweek ik omdat
ik, ik weet niet, je zou kunnen zeggen dat ik in de loop
der jaren een tikkeltje verliefd op haar was geweest, en
nu leek dat obsceen. Plotseling mocht ik haar zelfs niet
meer.

Daarom zorgde ik dat ik er als eerste was, en dan
maakte ik dat ik in mijn kamer kwam en deed de deur
achter me dicht. Later hoorde ik dan Nandina arrive-
ren, ik ging er tenminste vanuit dat zij het was, want zij
was in de regel onze vroege vogel. Daarna Charles en
Peggy, en ten slotte Irene. Ik hoorde zachte stemmen in

het andere vertrek, gelach en het gerinkel van een telefoon. Na verloop van tijd klopte Peggy met niet meer dan haar vingertoppen op mijn deur. 'Aaron? Ben je daar?'

'Mmhmm.'

'Er is koffie. Zal ik je een kopje brengen?'

'Nee, dank je.'

Een moment van aarzeling. Dan het geluid van haar zachte schoenzolen die zich verwijderden.

Ik was nooit van plan geweest het familiebedrijf in te gaan. Ik had aan Stanford gestudeerd, aan de andere kant van het land, en had verwacht daar te blijven en zelf mijn weg te zoeken in de wereld. Maar precies rond de tijd dat ik afstudeerde kreeg mijn vader zijn eerste hartaanval, en hij vroeg me thuis te komen en de leiding op me te nemen terwijl hij herstelde. Nu ik terugkijk zie ik hoe ik me erin heb laten luizen. Nandina leidde de zaak uitstekend, merkte ik. Ik denk dat ik het gewoon een fijn idee vond dat iemand me nodig had. En bovendien, concretere plannen had ik nog niet, en Engels was mijn hoofdvak geweest.

In de tijd van mijn overgrootvader noemde het bedrijf zich een 'herenuitgeverij', wat een eufemisme was voor een uitgeverij waar je op eigen kosten je eigen werk kon publiceren. Nog steeds draaiden we er een beetje omheen, al was het voorvoegsel 'heren' in deze moderne tijd vervangen door 'privé'. Toch bleef het uitgangspunt hetzelfde. De meerderheid van onze auteurs betaalde óns, en de meesten waren niet blij met mijn redactionele adviezen, al hadden ze die goed kunnen gebruiken, neem dat maar van mij aan.

Toen die printing-on-demandbedrijfjes overal op internet opdoken had ik zelfs heel goed mijn werk kwijt kunnen raken als Charles er niet was geweest. Charles was onze vertegenwoordiger, en hij bedacht in zijn eentje het concept voor de reeks 'voor beginners'. *Wijngids voor beginners, Maandbegroting voor beginners, Hondentraining voor beginners.* Het was net zoiets als die boeken voor dummies, maar dan zonder dat gemaakt vrolijke toontje, serieuzer. En veel klassieker vormgegeven, op geschept papier en allemaal identiek ingebonden en met een duur, glanzend omslag. Ook voerden wij het verder door, soms tot in het absurde, als je het mij vroeg. (Getuige *Het kruidenkastje voor beginners.*) Alles is beheersbaar mits ver genoeg opgedeeld, was de theorie; zelfs de gecompliceerdste levenslessen. Niet *Kookboek voor beginners* maar *Soep voor beginners, Nagerechten voor beginners* en *Etentjes voor beginners*, dat de lezer van begin tot eind door één volmaakte maaltijd voor een groter gezelschap heen loodste, inclusief de boodschappenlijst. Niet *Kinderverzorging voor beginners* maar *Koliek bij baby's voor beginners*, op zijn eigen bescheiden manier onze bestseller en sinds de dag van verschijning continu in druk.

Ik was in mijn eentje belast met de redactie van die boeken en Irene zag toe op het design, ook al noemde ze ze 'cadeauboekjes'. Daarna liep Charles zich de benen uit het lijf om ze op de markt te brengen. Hij was ervan overtuigd dat de serie ons vroeg of laat allemaal rijk zou maken, maar tot dusverre was dat nog niet gebeurd.

De mensen hadden het vaak over ons als 'de uitgeverij voor beginners', maar zo heetten we beslist niet, goeie hemel, nee. Dat zou niet bepaald vertrouwen hebben gewekt. We heetten Woolcott Publishing, vormgegeven in hoge, slanke, schreefloze letters, allemaal onderkast, wat ooit als hoogst modern werd beschouwd. (Maar natuurlijk alleen op de voorzijde van de boeken gedrukt, omdat de ruggen veel te dun waren.)

In de eerste weken na Dorothy's dood was ik bezig met *Vogels spotten voor beginners*. Zoals gewoonlijk was er een deskundige ingehuurd om voor het ruwe materiaal te zorgen, een ornitholoog van de universiteit van Maryland, en het resultaat was een karrenvracht onsamenhangende informatie, die ik met veel moeite in een goede vorm goot – ook zoals gewoonlijk.

Het was mijn gewoonte daarbij in gedachten één enkele lezer voor ogen te houden, net zoals mensen die in het openbaar spreken de instructie krijgen hun woorden tot één enkele toehoorder te richten. Ik had besloten dat onze lezer in dit geval een jonge vrouw was die door een jonge man op wie ze stilletjes verliefd was, was uitgenodigd om samen vogels te gaan spotten. Het zou hun allereerste afspraakje worden. Er zou heus niet van haar worden verwacht dat ze de Latijnse namen kende van de vogels die ze zag (al trappelde mijn deskundige van ongeduld om die te verschaffen), maar ze had wel hulp nodig bij het kiezen van haar kleren, wat voor uitrusting ze mee moest nemen en welke vragen ze moest stellen. Of kon ze beter helemaal niets zeggen? Zoals te verwachten had mijn deskundige er niet aan gedacht die kwestie te behandelen. Ik belde hem meer dan eens voor overleg. Ik maakte potloodaantekeningen in de marge. Ik streepte door, streepte door, streepte door. Wat ik overhield was een boek dat té dun was, en weer belde ik hem.

Aan het eind van de dag ruimde ik altijd alles in mijn bureau op, pakte mijn wandelstok en liep naar de deur van mijn kamer. Daar rechtte ik mijn schouders en zette naar ik hoopte een vrolijk, argeloos gezicht. Dan opende ik de deur en liep naar buiten.

'Aaron! Hou je 't voor gezien?'

'Hoe gaat het met de vogels, Aaron?'

'Heb je soms zin om met mij mee naar huis te gaan voor een hapje eten?'

Dat laatste kwam van Nandina, die een eigen kamer had, veel groter dan de mijne, maar die het tegenwoordig op de een of andere manier altijd voor elkaar kreeg om als ik 's middags wegging in de gezamenlijke ruimte te staan. 'Ach,' zei ik dan, 'ik denk dat ik maar gewoon naar huis ga. Maar bedankt.' Peggy zat altijd een zakdoekje met kant erlangs in elkaar te draaien terwijl ze naar me keek. Charles tuurde met een vlekkerig rood gezicht van gêne strak naar zijn computer. Irene zat met haar hoofd schuin achterovergeleund in haar stoel de omvang van de schade op te nemen.

'Tot morgen, allemaal,' zei ik dan.

En weg, de zware eiken deur door en de straat op, eindelijk veilig.

Thuisgekomen vond ik elke dag een maaltijd op de stoep. Ik geloof dat mijn buren onderling een soort roulatiesysteem hadden afgesproken, al overschatten ze blijkbaar mijn dagelijkse eetlust. Er stonden bakblikken van folie, piepschuimen afhaaldozen en porseleinen ovenschalen (die helaas afgewassen en teruggebracht dienden te worden), keurig naast elkaar en met briefjes erop om me te laten weten aan wie ik het betreffende maal te danken had. *We denken aan je! Familie Usher.* En *Onafgedekt bij 175 graden in de oven tot het bruin is en borrelt, Mimi.* Als ik de voordeur had opengedaan bukte ik me om alles naar binnen te verplaatsen. Vandaar transporteerde ik de gerechten een voor een naar de keuken; als er iets bij was dat ik met twee handen moest dragen om niet te morsen liet ik mijn wandelstok staan. Ik zette alles naast de gootsteen en noteerde het dan op de lijst die ik op het aanrecht had liggen. Het vel stond al bijna vol met een reeks eerdere gaven: *Sue Borden – gevulde eieren. Jan Miller – een of andere curry.* De bovenste namen waren doorgestreept om aan te geven dat ik die mensen al een bedankje had gestuurd.

Ik moest eraan denken nieuwe postzegels te kopen. Ik verbruikte er tegenwoordig heel wat.

Nadat ik elk gerecht had genoteerd kieperde ik het in de afvalemmer. Ik vond het vervelend om goed voedsel te verspillen, maar de koelkast puilde al uit en ik wist niet wat ik er anders mee moest. En dus: de kipsalade, de pastaschotel, de tomaten met pesto, allemaal weg. Je zou het als uitschakeling van de tussenpersoon kunnen zien: regelrecht van stoep naar afvalemmer, zonder het tussenliggende verblijf op de keukentafel. Een enkele keer onderschepte ik gedachteloos een drumstick of een sparerib en knaagde daaraan terwijl ik bezig was. Onder het afspoelen van een Pyrex-ovenschaal werkte ik een kwarktaart weg die naast me op het aanrecht stond, ook al hield ik niet zo van kwarktaart en werd deze elke keer dat ik er met mijn natte vingers een brok van pakte, slijmeriger. En toen zat ik in één keer vol en had ik het gevoel dat mijn gebit onder de aanslag zat zoals gebeurt wanneer je te veel suiker eet, ook al was ik niet aan tafel gaan zitten voor een echte maaltijd.

Ik droogde de ovenschaal af en zette hem buiten op de stoep met een post-itblaadje erop: *Mimi*. Buiten was het nog maar net schemerig, zo'n transparant groen soort schemering die je aan het einde van een zomerdag ziet, en ik hoorde kinderstemmen en een vlaag muziek uit een langsrijdende auto. Ik liep terug naar binnen en sloot de deur.

Daarna de post, die de vloer van de gang bedekte en telkens als ik eroverheen stapte een gevaar voor leven en ledematen vormde. Ik raapte alles op en nam het mee naar de keuken. Die was nu mijn woonkamer. Ik had nog geen werk gemaakt van mijn plannen om de logeerkamer te veranderen. Ik gebruikte de tafel als bureau, met mijn chequeboekje, mijn adresboekje en diverse kantoorartikelen netjes in een rijtje aan het ene uiteinde. Ja, ik kweet me op bewonderenswaardige wijze van mijn verantwoordelijkheden! Ik voldeed mijn rekeningen op de dag van ontvangst, zonder de uiterste betaaldatum af te wachten. Ik deponeerde catalogussen en folders onverwijld in de recyclingbak. Ik opende elk medelevend briefje en las het met de grootste zorg, omdat altijd de kans bestond dat iemand me een onverwachte blik op mijn vrouw schonk. Iemand van haar werk bijvoorbeeld: 'Dokter Rosales was bijzonder bekwaam en we zullen haar missen in het Radiology Center.' Kijk, dat was een extra gezichtspunt dat ik heel erg op prijs stelde. Of een vroegere patiënt: 'Ik vond het zo erg om in de krant te lezen over ~~de dood van uw uw verlies~~ dokter Rosales. Ze heeft me zo goed geholpen na mijn ~~mastecto~~ operatie, ze beantwoordde al mijn vragen en behandelde me ~~zo normaal zo gewoon~~ met respect.' Ik vermoedde dat dit een kladversie was die per ongeluk was verzonden, maar dat maakte het des te veelzeggender, omdat zo de oprechtste gevoelens van de patiënt werden onthuld. Zij had dezelfde eigenschappen in Dorothy gewaardeerd als ik: haar zakelijke houding, zonder een spoor van neerbuigendheid. Dat was de Dorothy op wie ik verliefd was geworden.

Ik beantwoordde alle brieven meteen:

Beste dokter Adams,
Heel hartelijk dank voor uw brief. Het was bijzonder aardig van u om me te schrijven.
Met vriendelijke groet,
Aaron Woolcott

Beste mevrouw Andrews,
Heel hartelijk dank voor uw brief. Het was bijzonder aardig van u om me te schrijven.
Met vriendelijke groet,
Aaron Woolcott

Dan de voedselbrigade:

Beste Mimi,
Heel hartelijk dank voor de pastaschotel. Hij was heerlijk.
Met vriendelijke groet,
Aaron

Beste familie Usher,
Heel hartelijk dank voor de kwarktaart. Hij was heerlijk.
Met vriendelijke groet,
Aaron

Daarna het huishouden. Op dat front meer dan genoeg om me bezig te houden.

Eerst de gang vegen. Dat hield nooit op. Als ik 's ochtends wakker werd en als ik 's middags thuiskwam lag er telkens weer een laagje wit stof en kalkschilfers op de gangvloer. Af en toe lagen er ook plukken aangekoekt grijs pluis. Wat was dat nu weer? Een verouderd isolatiemiddel, was mijn conclusie. Ik stopte met vegen en tuurde naar de dakspanten. Die leverden een aanblik op waarvan ik mijn blik meteen weer afwendde, net iemands ingewanden.

En dan de was, keurig twee keer per week, een keer wit en een keer bont. De eerste lading wit bezorgde me een beetje een eenzaam gevoel. Er zaten twee blouses van Dorothy bij, en haar degelijke katoenen onderbroeken en haar seersucker pyjama. Ik moest ze wassen, drogen, opvouwen, in hun eigen la leggen, netjes op een stapeltje, en nog even gladstrijken. Maar de volgende keren wassen waren makkelijker. Het was tenslotte geen ongewone klus voor me. De was werd altijd gedaan door degene die het eerst behoefte had aan schone kleren, en meestal was ik dat. Nu vond ik het prettig om de trap af te lopen naar het koele, schemerige souterrain, waar niet het geringste spoor van de eik te bekennen was. Soms bleef ik er een poosje rondhangen nadat ik de natte was vanuit de wasmachine in de droger had gedaan; dan legde ik mijn handpalmen op de bovenkant van de droger en voelde hem trillen en warm worden.

Daarna wat opruimen in de keuken en de slaapkamer. Niet veel bijzonders. Dorothy was bij ons thuis de rommelmaker geweest. Ik had inmiddels diverse rondslingerende kledingstukken van haar opgeruimd en haar kam en hooikoortspillen teruggelegd in het medicijnkastje. Ik maakte geen aanstalten om dingen weg te gooien. Nog niet.

In de loop van de avond ging de telefoon meestal wel een paar keer, maar ik keek altijd op de nummerherkenning voor ik opnam. Als het Nandina was kon ik maar beter reageren. Als ik haar niet liet weten dat ik nog onder de levenden verkeerde stond ze even later in hoogsteigen persoon voor de deur. Maar de Millers, die er altijd op uit waren me mee te krijgen naar een concert, of die eeuwige Mimi King... Gelukkig was ik zo slim geweest het antwoordapparaat uit te schakelen. Eerst had ik het een poosje aan gelaten, en mijn schuldgevoel over de hoeveelheid onbeantwoorde oproepen deed me bijna de das om voor ik aan de uit-knop dacht.

'Met mij gaat het goed,' zei ik tegen Nandina. 'En hoe is het met jóú sinds vijf uur, toen ik je voor het laatst zag?'

'Ik kan me niet voorstellen dat jij het daar redt,' zei ze altijd. 'Waar kun je ergens zítten? Hoe kom je de avond door?'

'Ik heb verschillende plaatsen waar ik kan zitten, en meer dan genoeg te doen. Op dit moment was ik net... O-oh! Ik moet ophangen!'

Ik voegde de daad bij het woord en keek op mijn horloge. Acht uur pas?

Ik boog mijn pols om te zien of de secondewijzer nog liep. Dat was zo.

Van tijd tot tijd ging de bel. O, wat had ik de pest aan die bel. Het was er een met zo'n sonoor tweetonig geluid: díng-dong. Beetje pontificaal, beetje vol van zichzelf. Maar ik voelde me verplicht om open te doen, want mijn auto stond voor en iedereen kon zien dat ik thuis was. Zuchtend liep ik de gang in. Meestal was het Mary-Clyde Rust. Niet vaak Jim. Jim scheen de laatste tijd niet goed te weten wat hij tegen me moest zeggen, maar voor Mary-Clyde was dat geen enkel probleem. 'Goed, Aaron,' zei ze tegen me, 'ik weet dat je hoofd niet naar bezoek staat, dus ik ben zo weer weg. Maar ik moet even weten dat alles in orde is met je. Is alles in orde?'

'Prima, dank je.'

'Oké, mooi zo. Ik ben blij het te horen.'

En dan knikte ze gedecideerd, maakte rechtsomkeert en verdween.

Ik vond de buren die me ontliepen het prettigst. De mensen die plotseling een andere kant op keken als ze toevallig net hun hond uitlieten wanneer ik 's ochtends de deur uit kwam. De mensen die openlijk en tactvol met hun rug naar me toe bleven staan als we ieder in onze auto stapten.

Toen er op een avond weer werd aangebeld was het een man die ik niet kende, een man met een tonrond lijf, een korte bruine baard en een bos grijzend bruin haar. 'Gil Bryan,' zei hij tegen me. 'Aannemer,' en hij gaf me een visitekaartje. De bezwete huid onder zijn ogen glansde in het licht van de buitenlamp, wat hem in mijn ogen iets betrouwbaars gaf; dat was de enige reden dat ik de deur niet voor zijn neus dichtdeed. 'Ik heb dat plastic over uw dak gelegd,' zei hij.

'O, ja.'

'Ik zie dat u het nog niet hebt laten repareren.'

'Nog niet,' zei ik.

'Nou, hier is mijn kaartje, als u het ooit wilt laten doen.'

'Bedankt.'

'Ik begrijp best dat uw hoofd daar op dit moment totaal niet naar staat.'

'Nou, bedankt,' zei ik, en toen deed ik de deur wel dicht, maar langzaam, om hem niet voor het hoofd te stoten. Het beviel me wel, zoals hij het had geformuleerd. Toch mikte ik zijn kaartje zo in de porseleinen schaal, omdat ik het dak even doelbewust negeerde als die artsen die de wachtkamer in keken. 'Dak? Welk dak?' had ik tegen meneer Bryan moeten zeggen. 'Volgens mij mankeert er niks aan het dak.'

Ik mocht van mezelf op z'n vroegst om negen uur naar bed. Dan ging ik nog een poosje lezen voor ik het licht uitdeed, was het plan; ik zou niet meteen gaan slapen. Ik had een dikke, volumineuze biografie van Harry Truman, waar ik voor het ongeluk al in was begonnen. Maar op de een of andere manier schoot ik er maar niet in op. 'Lezen is het eerste wat niet meer lukt,' zei mijn moeder vroeger altijd, en daarmee bedoelde ze dat het een luxe was waar de hersenen onder druk van afzagen. Ze beweerde dat ze na de dood van mijn vader nooit meer iets veeleisenders ter hand nam dan de ochtendkrant. Indertijd had ik dat nogal melodramatisch van haar gevonden, maar nu merkte ik soms dat ik een alinea wel vijf keer opnieuw las, en dan had ik je nog niet kunnen vertellen waar die over ging. Mijn oogleden werden zwaar en dan schrok ik plotseling wakker als het boek van het bed gleed en op de vloer plofte.

Daarom pakte ik de afstandsbediening maar en zette de tv aan die op de ladekast stond. Ik keek – of staarde met een glazige blik – naar documentaires, paneldiscussies en reclamespotjes. Ik luisterde naar presentatoren die de bijeffecten opdreunden van alle geneesmiddelen die ze aanprezen. 'Ja, hoor,' zei ik tegen ze. 'Dat ga ik morgen meteen kopen. Waarom zou ik me laten afschrikken door een beetje onbeheersbare diarree, nierfalen of hartstilstand?'

Dorothy kon het nooit uitstaan als ik zo terugpraatte. 'Hou je even in, ja?' zei ze dan. 'Zo versta ik er geen woord van.'

Deze tv was maar een kleintje, het tweede toestelletje waarop we onder het uitkleden soms naar het late journaal keken. Onze grote tv stond in de serre. Het was een oude Sony Trinitron. Jim Rust had me in het ziekenhuis verteld dat die Dorothy's borst had verpletterd; de brandweerlieden zeiden dat hij van zijn plank hoog in de hoek was gevallen. Sony Trinitrons staan bekend om hun ongewone zwaarte.

Een tijdje geleden hadden Dorothy en ik het erover gehad zo'n nieuwerwetse flatscreen te kopen, maar we waren tot de conclusie gekomen dat we ons dat niet konden permitteren. Zou Dorothy nog hebben geleefd als we een flatscreen hadden gehad?

Of als haar patiënt niet had afgezegd. Dan was ze nog niet eens thuis geweest toen de boom omviel.

Of als ze in de keuken was gebleven, en niet naar de serre was gegaan.

Als ik had gezegd: 'Eens kijken of ík die Triscuits kan vinden,' en naar de keuken was gelopen om haar te helpen zoeken, en dan bij haar aan de keukentafel was gaan zitten terwijl zij ze opat.

Maar nee, nee. Ik moest zo nodig gepikeerd wegbenen en in de slaapkamer gaan zitten pruilen, alsof het er ook maar iets toe had gedaan dat ze het vertikte genoegen te nemen met Wheat Thins.

O, al die irritante gewoonten van haar waar ik me altijd aan ergerde: het spoor van opgefrommelde zakdoekjes en lege koffiebekers dat ze achterliet, haar onverschilligheid voor de kleine details van huiselijke orde en comfort. Nou en!

Haar neiging wat te veel nadruk te leggen op haar medische graad als ze mensen voor het eerst ontmoette. 'Ik ben dokter Rosales,' zei ze dan, in plaats van: 'Ik ben Dorothy,' zodat je de witte jas bijna kon zien, ook al had ze die helemaal niet aan. (Niet dat ze zo vaak nieuwe mensen ontmoette, trouwens. Ze had nooit het nut van sociale contacten ingezien.)

En dan die orthopedisch aandoende schoenen die ze zo graag droeg: die hadden me weleens zelfingenomen geleken. Alsof ze daarmee doelbewust wilde demonstreren hoe serieus, hoe hoogstaand ze was – een uitgesproken verwijt aan ons allemaal.

Nu vond ik het prettig om over die tekortkomingen te peinzen. Niet alleen dat ik me afvroeg waarom ze me ooit hadden geërgerd. Ik hoopte dat ze me nog steeds zouden ergeren, zodat ik kon ophouden haar te missen.

Maar om de een of andere reden werkte het niet zo.

Kon ik haar maar laten weten dat ik in het ziekenhuis bij haar had gewaakt. Ik moest er niet aan denken dat ze het gevoel zou hebben gehad dat ze dat in haar eentje moest doormaken.

En wat zou ze hebben gelachen om al die ovenschotels!

Dat was een van de ergste dingen als je je vrouw verloor, merkte ik: je vrouw is nu net degene met wie je dat allemaal wilt bespreken.

De tv drong door in mijn slaap, als je dat onrustige half-bewustzijn tenminste zo mocht noemen. Ik droomde dat de oorlog in Irak escaleerde, en dat Hillary Clinton campagne voerde voor de Democratische nominatie. Toen ik ging verliggen en op de afstandsbediening te-rechtkwam riep er opeens iemand: '... dit roestvrijstalen koksmes, geliefd bij professionals...' maar toen zat ik al rechtovereind in bed, met opengesperde ogen, bon-kend hart en een mond zo droog als verbandgaas. Ik zet-te de tv uit en ging weer liggen. Ik sloot mijn ogen en knarste met mijn tanden: val nou verdomme eens in slaap.

Je zou denken dat ik van Dorothy droomde, maar dat was niet zo. Dichterbij dan het vleugje isopropylalcohol dat ik af en toe hallucineerde als ik eindelijk weer indut-te, kwam ik niet. Als ze van haar werk kwam droeg ze die geur altijd bij zich op haar huid. In het begin van ons hu-welijk droomde ik vaak levensecht over doktersbezoek-

jes, inentingen en dergelijke uit mijn kindertijd, opgeroepen door de alcohol die ik rook als ik naast haar lag te
slapen. Nu hield de herinnering daaraan me klaarwakker, en een enkele keer zei ik zelfs hardop haar naam:
'Dorothy?'

Maar ik kreeg nooit antwoord.

De stroom ovenschotels nam af en er kwamen geen
brieven meer. Konden de mensen zo gemakkelijk verder leven? Ja, ach, natuurlijk. Elke dag bracht nieuwe
drama's. Dat wist ik ook wel.

Het leek harteloos dat ik eraan dacht voor de halfjaar-
lijkse controle naar de tandarts te gaan, maar ik ging wel.
En daarna kocht ik nieuwe sokken. Sokken nota bene!
Wat banaal! Maar in alle oude zat een gat bij de teen.

Op een avond belde mijn vriend Nate – WEISS N I op
de nummerherkenning. Voor hem nam ik wel op. Ik begon meteen met: 'Nate! Hoe gaat 't ermee?' zonder te
wachten tot hij zijn naam noemde. Maar dat was kennelijk een vergissing, want ik hoorde hem even aarzelen
voor hij 'Hallo, Aaron', zei. Met een heel lage stem, heel
luguber, heel anders dan zijn gewone manier van doen.

'Wat dacht je van een spelletje morgen?' vroeg ik.

'Wat?'

'Een spelletje racquetball! Ik begin onderhand een
oude man te lijken. Al mijn gewrichten roesten vast.'

'Nou, eh, maar... ik belde om je te eten te vragen,' zei
hij.

'Te eten?'

'Ja, Sonja vond dat we je maar eens moesten uitnodi-
gen.'

Sonja was zeker zijn vrouw. Ik had zijn vrouw nog nooit ontmoet. Hij zal het weleens over haar hebben gehad, maar zo'n soort vriendschap hadden we niet. Wij hadden een racquetball-vriendschap. We kenden elkaar van de sportschool.

'Bij... bij jullie thuis, bedoel je?'

'Ja.'

'Tjee, Nate, ik weet niet. Ik weet niet eens waar je woont!'

'In Bolton Hill,' zei hij.

'En bovendien heb ik net... Het is op het moment vreselijk druk op het werk. Niet te geloven, zo druk. Ik heb nauwelijks tijd voor een sandwich, en dan, áls ik dan eens tijd heb, dan staat er nog zo'n lading in de koelkast, van die-die-die ovenschotels en die... kwarktaarten. Het is zowat een fulltimebaan om het allemaal weg t-t-te... om het op te eten!'

'Ik snap het,' zei hij.

'Maar bedankt.'

'Dat zit wel goed.'

'Zeg maar tegen Sonja dat ik het idee op prijs stel.'

'Oké.'

Het liefst was ik weer op dat plan voor racquetball teruggekomen, maar nadat ik had benadrukt dat ik het zo druk had leek dat me niet zo slim. Daarom zei ik alleen gedag.

Nog geen halfuur later ging de telefoon opnieuw. Deze keer was het TULL L. Ik nam op, maar nu behoedzamer. Ik zei alleen: 'Hallo?'

'Hallo, Aaron, met Luke.'

'Hallo, Luke.'

'Ik begrijp best waarom je misschien liever niet bij Nate op bezoek gaat.'

'Pardon?'

'Hij vertelde dat je zijn uitnodiging had afgeslagen.'

'Je hebt het over Nate Weiss,' zei ik.

'Ja, natuurlijk.'

'Jij ként Nate Weiss?'

'We hebben elkaar in de wachtkamer in het ziekenhuis ontmoet, weet je nog? Toen we allebei langskwamen.'

Dat soort dingen kwam de laatste tijd vaak voor. Ik kon me van geen van beiden herinneren dat ze langs waren geweest, dat zweer ik, laat staan dat ze elkaar hadden ontmoet. Maar ik zei: 'O ja.'

'Hij had de indruk dat je het nog niet aankon om te komen eten, zei hij.'

'Dat is zo, maar racquetball... Ik snak naar een lekker spelletje racquetball.'

Het was even stil. Toen zei Luke: 'Jammer genoeg speel ik geen racquetball.'

'O.'

'Maar wat ik dacht: als avondjes met echtgenotes erbij op dit moment nog te veel voor je zijn...'

'Néé, hoor, goeie hemel, nee,' zei ik kordaat. 'Daar zit ik absoluut niet mee.'

Weer even stilte. Toen zei hij: 'Ik had bedacht dat je dan misschien naar het restaurant kon komen.'

Zijn restaurant, bedoelde hij, want zo hadden we elkaar leren kennen, lang geleden in de periode van *Buiten de deur eten voor beginners*. 'Dat is een goed idee, Luke,' zei ik. 'Misschien een keer...'

'Alleen Nate, jij en ik, mannen onder elkaar. Geen vrouwen. Een beetje vroeg op de avond, en dan kun jij het zo vroeg of laat maken als je wilt. Hoe lijkt je dat?'

Daar voelde ik ook niets voor, maar wat kon ik zeggen? Het was aardig van hem om de moeite te nemen. Aardig van hen allebei. Ik betwijfelde of ik in hun plaats zo ver zou zijn gegaan. Ik was meer het type van 'het leven gaat door'. Van 'als ik er nu maar niks over zeg vergeet je misschien wel dat het is gebeurd'.

Eerlijk gezegd wilde ik dat zij ook dat type waren.

Maar oké, even de tanden op elkaar. Ik sprak voor de volgende avond met hen af, meteen na het werk, een natte, winderige dinsdagavond halverwege september. Het goot de hele dag al, vreselijk weer om te rijden. Bovendien kostte het me moeite om een parkeerplaats te vinden. Toen ik het restaurant (wit tafellinnen, brede planken op de vloer, vriendelijkheid waar het frisse vanaf was) binnen kwam zaten Nate en Luke al aan een tafel. Ze vormden een onwaarschijnlijk koppel. Nate zag er heel gesoigneerd uit, donker en professioneel in zijn zwarte advocatenpak, terwijl Luke zo'n alles-in-dezelfde-kleur, beige-haar-beige-huid type in vaal kaki was, met een beginnend buikje. Toch kostte het ze kennelijk geen enkele moeite om het gesprek gaande te houden, als je zag hoe ze naar elkaar toe gebogen zaten. Ik kon me niet aan de indruk onttrekken dat ze het over mij hadden. Hoe ze met me om moesten gaan, over welke onderwerpen ze veilig met me konden praten. Ik had nauwelijks mijn stoel achteruitgeschoven of Nate vroeg al: 'Wat zeg je me van dat wéér vandaag?' op een opgewekte toon die ik niet van hem kende. En Luke kwam er meteen overheen met: 'Hou je de Orioles de laatste tijd nog bij?'

Ik voelde me gedwongen op dezelfde manier te antwoorden: luider en geestdriftiger dan gewoonlijk. 'Zal ik je eens wat zeggen, eerlijk gezegd heb ik de Orioles de laatste tijd totaal niet gevolgd,' zei ik, en toen had ik de woorden het liefst weer ingeslikt, omdat ik wist dat ze verkeerd geïnterpreteerd zouden worden.

En ja hoor: 'Nee, natuurlijk niet,' zei Nate. 'Jij hebt wel belangrijker zaken aan je hoofd.'

'Nee, ik bedoelde alleen...'

'Jullie moeten allebei de oesters proberen!' kwam Luke ertussen. 'De R is weer in de maand!'

Luke was normaal gesproken zo'n stille man dat het bizar was om hem zo geanimeerd mee te maken. Bovendien was het hem aan te zien dat hij zich niet op zijn gemak voelde, op zijn werk maar niet aan het werk. Hij zat voortdurend rond te kijken naar andere tafels, veelzeggend zijn wenkbrauwen op te trekken naar obers, over Nates hoofd heen fronsend naar de keuken te turen. 'Mijn persoonlijke advies is om ze rauw te eten,' zei hij afwezig tegen mij, 'maar als je dat liever hebt kun je ook de, eh...' en toen zweeg hij even om te luisteren naar wat een kleine man met een vuil schort om hem in het oor fluisterde.

'... de Oysters Rockefeller bestellen,' maakte Nate de zin voor hem af. 'Die zijn heerlijk. Ze gebruiken er een speciaal soort spek voor, uit het noorden van de staat New York.'

'Jij eet hier vaker?' vroeg ik.

'Ja, we zijn hier vorige week geweest,' zei hij, en toen

verstrakte hij even, ik snapte niet meteen waarom. Was dat omdat hij zich had laten ontvallen dat Luke en hij elkaar al eerder hadden getroffen, misschien om zich over de kwestie Aaron te buigen? Nee, bij nader inzien moest het dat 'we' zijn geweest wat hem in verlegenheid had gebracht, want hij vervolgde, als om zichzelf te corrigeren: 'Nadat ik met hem kennis had gemaakt bedacht ik dat ik zijn eten weleens wilde proeven.'

Blijkbaar was het de opzet die avond alle verwijzingen naar echtgenotes achterwege te laten. Te doen alsof ze geen van beiden zelfs maar een vrouw hadden. Want nu zei Luke, die zich weer tot ons wendde terwijl de man met het schort wegliep: 'Sorry, de chef-kok zit zonder lamskoteletjes, dat was alles,' en ik wist toevallig dat hij met de chef-kok getrouwd was. In gewone omstandigheden zou hij hebben gezegd dat Jane of Joan, of hoe ze ook alweer heette, zonder lamskoteletjes zat, en misschien zou hij haar ook uit de keuken hebben gehaald om haar aan ons voor te stellen. Maar dit waren geen gewone omstandigheden.

Ik werd dwars. Dat heb ik soms. Ik haalde er te pas en te onpas vrouwen bij, en telkens als het woord 'vrouw' viel dreunde het als een steen op onze tafel. 'Vond je vrouw de Oysters Rockefeller ook lekker?' vroeg ik aan Nate, waarop hij heen en weer schoof en zei: 'O, eh... ze eet geen schaaldieren.'

'Weet je, daar heb ik eigenlijk nooit bij stilgestaan,' zei ik tegen Luke. 'Was je vrouw hier al chef-kok voor jullie trouwden, of is ze dat daarna pas geworden?'

'Eh, dat was ze al, eigenlijk,' antwoordde hij. 'Hé! We moeten de wijn nog kiezen!' En hij ging energiek naar voren zitten en wenkte een ober.

Maar daarna hield ik me in en liet ik het gesprek min of meer normaal verlopen. Nate bleek zo'n type dat zich graag verdiept in wat hij op zijn bord krijgt: hij hield een heel verhaal over de kweekbedden van oesters en welke oude rassen het lekkerste biologische varkensvlees opleverden. Luke, van wie je juist zou verwachten dat zulke zaken hem zeer ter harte gingen, leek weinig geïnteresseerd; het grootste deel van de tijd ging zijn aandacht uit naar wat andere mensen aten, of waar ze te weinig van aten, of niet over te spreken leken. En binnen een draaglijke tijdsspanne slaagden we erin de avond door te komen.

'Dat moeten we nog eens doen!' zei Nate bij het afscheid, en Luke zei: 'Ja! En er een gewoonte van maken!'

Tja, of niet. Maar ik knikte enthousiast, gaf hun een hand en bedankte Luke voor het maal, want daar hadden we niet voor mogen betalen.

Ik bedankte hen geen van beiden voor het avondje op zich – voor de afspraak op zich. Dat zou hebben geïmpliceerd dat het in wezen een liefdadig gebaar was geweest, en als ik ergens niet op zat te wachten was het wel op liefdadigheid.

Daarom zette ik mijn kraag op, zwaaide zwierig met mijn wandelstok in hun richting en liep met mijn neus in de lucht de stortregen in.

Al moet ik toegeven dat ik toen ik in mijn eentje naar huis reed wel een zekere, tja, triestheid voelde.

Het buitenlicht hoorde automatisch aan te gaan als het donker werd, maar het peertje was zeker kapot. Verdomd lastig in de regen. Op het pad naar het huis trapte ik een paar keer in een plas, en de onderkant van mijn broekspijpen was toch al doorweekt. Ik deed de deur open en stak mijn hand naar binnen om het ganglicht aan te doen, maar dat was ook al kapot. En terwijl ik de deur verder openduwde voelde ik een zekere weerstand. Een schurend geluid, waar ik van schrok. Toen ik naar de donkere gangvloer tuurde kon ik een stel witte, onregelmatig gevormde voorwerpen onderscheiden. Ik duwde er met mijn voet tegenaan. Stenen? Nee, pleisterkalk, brokken pleisterkalk. Ik duwde harder tegen de deur en kreeg hem wat verder open. Mijn ogen waren nu aan het donker gewend. Tegen het zwart van de vloer zag ik her en der wit en toen een bergje wit: brokjes en klompjes en schilfers wit. En nu ik erbij stilstond: de lucht die ik inademde zat vol stof. Ik voelde een hoestbui kriebelen in mijn keel. En ik hoorde ergens achter in het huis een luid, gestaag druppen.

Ik trok de deur weer dicht. Ik liep terug naar mijn auto, trapte onderweg weer in dezelfde twee plassen en ging weer achter het stuur zitten, waar ik een paar minuten doorbracht met mijn gedachten op een rijtje zetten. Toen haalde ik diep en beverig adem en stak het sleuteltje in het contact.

En zo kwam het dat ik bij mijn zus introk.

4

Nandina woonde in het huis waar we waren opgegroeid, een ruime, vierkante woning met een dak van bruine shingles ten noorden van Wyndhurst. Zelfs in die regen was het maar vijf minuten rijden. Ik wenste bijna dat het verder was. Ik stopte voor het huis, maar bleef een minuut of wat in de auto zitten overpeinzen hoe ik het zou verwoorden. Ik wilde niet toegeven hoe mijn huis er in werkelijkheid aan toe was, want Nandina zeurde me nu al weken aan mijn hoofd dat ik met de herstelwerkzaamheden moest beginnen. Maar als ik ineens zonder verklaring op de stoep stond en mijn oude kamer terugvroeg zou ze denken dat ik een zenuwinstorting had of zo. Dan zou ze op de moederlijke toer gaan en me gaan vertroetelen. Dat zou ze prachtig vinden.

Ach ja. Zoals dat soms gaat: ze verbaasde me. Toen ik aanbelde deed ze open, nam de situatie in ogenschouw – mijn natte haar, vochtige kleren, de korreltjes pleisterkalk die op mijn broekomslagen plakten – en zei: 'Kom binnen en blijf op de mat staan terwijl ik een handdoek haal.'

'Het lekt-lekt een beetje bij mij in de gang,' zei ik.

Ze was al onderweg naar de keuken, maar riep over haar schouder: 'Trek je schoenen uit en laat ze daar staan.'

71

'Ik dacht dat ik misschien, alleen voor vannacht...'

Maar ze was al verdwenen. Ik stond druipend op de mat de geuren van mijn jeugd op te snuiven: Johnson's boenwas en muf behang. Zelfs overdag was het een donker huis, met die kleine, vreemd gesitueerde ramen en zware stoffen, en die avond leek het er zo schemerig dat ik voortdurend met mijn ogen wilde knipperen om scherper te kunnen zien.

'Je schoenen, Aaron. Trek je schoenen uit,' zei Nandina. Ze was alweer terug met een versleten theedoek. Ze wachtte terwijl ik mijn schoenen uittrapte en mijn beugel afdeed, en toen gaf ze me de theedoek aan. Het was er zo een met een kalender erop, die moeder altijd boven de keukentafel hing. 1975, stond erboven. Ik veegde mijn gezicht af en daarna mijn haar. 'Waar is je wandelstok?' vroeg Nandina.

'Geen idee.'

'Heb je hem in de auto laten liggen?'

'Zou kunnen.'

'Heb je kleren bij je?'

'Nee.'

Ze kwam een stapje dichterbij, hoewel ze beter wist dan me haar arm aan te bieden, en we liepen naar de woonkamer. Ze rook naar shampoo en had een geruite duster aan. (Mijn zus was een van de allerlaatste vrouwen in Amerika die een duster aantrokken als ze van hun werk kwamen.) Ze wachtte tot ik goed en wel op de bank zat en zei toen: 'Ik ga even kijken of hier nog pantoffels van je staan.'

Dat zou best kunnen. Ik had er nog genoeg andere spullen liggen. Toen ik uit huis was had moeder nooit mijn kamer uitgeruimd.

Terwijl Nandina boven was zakte ik onderuit op de bank en tuurde naar het plafond. Het was een heel degelijk plafond, zo'n ouderwets roomkleurig pleisterplafond met een rozet in het midden, nergens ook maar het kleinste barstje te bekennen.

Ik dacht aan de auto van mijn kamergenoot tijdens mijn studie, een oude roestbak van een Chevy die er altijd zomaar zonder reden mee ophield. Op een dag gaf hij definitief de geest, waarop mijn kamergenoot uitstapte, de nummerborden losschroefde en zonder nog één blik achterom wegliep. Kon ik dat met mijn huis ook maar doen. Ik zou er niets maar dan ook niets uit missen. Laat het maar van het aardoppervlak verdwijnen. Daar zou ik absoluut niet mee zitten.

Nandina kwam terug met een paar corduroy mocassins die ik totaal vergeten was. Toen bracht ze mijn beugel, die ik omdeed voor ik mijn voeten in de mocassins stak. 'Goed,' zei Nandina, 'heb je al gegeten?'

'Jazeker.'

'Aáron.'

'Wat?'

'Zeg nou eens eerlijk.'

'Ik heb een half dozijn rauwe oesters op, een krabcake, aardappelpuree met knoflook, een Green Goddess-salade, appelgebak met vanille-ijs en twee glazen wijn.'

'Hemel,' zei Nandina.

Ik deed mijn best er niet zelfvoldaan uit te zien.

'En hoe staat het er nu precies voor met je huis?'

'Tja.' Ik dacht na. 'Nou, het ziet ernaar uit dat er op het moment wat water in het gangplafond zit.'

'Juist ja.'

'Dat had iedereen kunnen overkomen,' merkte ik op. 'Vergeet niet dat het de hele afgelopen nacht heeft geregend, en vandaag ook de hele dag.'

'Volgens mij...' begon Nandina.

'Maar d-d-daar hebben we het mor-morgen wel over,' zei ik. 'Want nu ben ik óp. Is mijn oude bed nog opgemaakt?'

'Natuurlijk.'

Ja, natuurlijk; waarom vroeg ik dat nog? Ik kwam overeind, gaapte overdreven en rekte me met veel vertoon uit. 'Dan denk ik dat ik er maar in kruip,' zei ik. 'Fijn dat ik zo onaangekondigd terechtkan. Ik zal je hooguit een of twee nachten lastigvallen, dat beloof ik.'

'Aaron! Je mag voorgoed blijven. Dat hoef je niet van tevoren te laten weten.'

Hoe verslagen ik me op dat moment voelde blijkt wel uit het feit dat het idee voorgoed te blijven me bijna verleidelijk voorkwam.

Mijn kamer lag boven, aan de achterkant van het huis, naast die van Nandina. (Daar sliep ze al haar hele leven, al zou het logischer zijn geweest als ze na de dood van onze ouders naar hun grotere, lichtere kamer was verhuisd.) Hij zag er nog net zo uit als toen ik elders ging wonen om te studeren. Mijn modelvliegtuigjes stonden nog naast elkaar op de planken, mijn vinylplaten van U2 en Tom Perry lagen nog op een stapeltje onder de stereo. Ik zocht in de ladekast naar een oude pyjamabroek, trok hem aan en keek toen de boekenkast langs naar iets om mezelf mee in slaap te lezen. Maar daar had ik minder geluk. Ik vond er alleen versleten verzamelingen wiskundespelletjes en logicapuzzels. Als kind was ik daar goed in geweest, al kon ik de enkele keer dat ik vast-liep (en zo voelde dat bijna letterlijk: of ik met mijn kop tegen een muur knalde en geen kant meer op kon) nogal gewelddadig worden: met dingen smijten en dingen ka-potmaken. Als ik aan die scènes terugdacht zag ik me-zelf van buitenaf: mijn magere lichaam met wild om zich heen maaiende armen, mijn haar dat alle kanten op stond, en moeder die pogingen deed me op armlengte afstand te kalmeren, me vast te pakken, en die intussen weinig effectief mompelde. 'Toe, Aaron, het is maar een spelletje. Waarom ga je niet even iets anders doen, en dan probeer je het straks nog eens.'

Waar was al die hartstocht gebleven? Zo was ik nu niet meer, godzijdank.

Als kind was ik bezeten van goocheltrucs. Ik oefende dagen achtereen en ging er dan de grote mensen mee lastigvallen. 'Kies een kaart. Maakt niet uit welke. Niet aan mij laten zien. Wacht! Nou heb ik gezien welke het is!'

En ik wilde aan de kost komen als stand-up comedian. Ik leerde moppen uit tijdschriften uit mijn hoofd en pro-beerde ze dan uit op familieleden. 'Loopt een man op straat op weg naar de klokkenmaker, helemaal voorover-gebogen, met een joekel van een staande klok op zijn rug. Want die wil hij laten maken. En dan komt hij een vriend tegen, en die vriend zegt... die vriend zegt...'

Maar het lukte me nooit om hem verder te vertellen zonder zelf dubbel te liggen. Ik vond het de beste mop die ik ooit had gehoord, serieus. 'Die vriend zegt: "Heb je weleens... heb je weleens..."'

Op dat punt was ik buiten adem van het lachen, ik

kwam niet meer bij. De tranen liepen me over de wangen en ik had buikpijn, terwijl de ooms en tantes die mijn publiek vormden me met een vragende glimlach aankeken.

'"Heb je weleens overwogen een polshorloge te kopen?"'

'Een wát?' vroegen ze dan, want ik was inmiddels vrijwel onverstaanbaar. Maar zelfs herhalen kostte moeite, omdat ik over de vloer rolde van het lachen.

Ook dat zag ik nu van buitenaf: dat vrolijke kind dat ik was geweest, over mijn woorden struikelend, met mijn armen om mijn ribbenkast geklemd, mijn hele lijf verkrampt van pret.

Geen wonder dat ik nooit kinderen had gekregen. Daar zou ik te droevig van zijn geworden.

Toen Dorothy en ik met elkaar gingen hadden we het zelden over kinderen. Ik meen dat Dorothy een of twee keer liet vallen dat ze er niet in geïnteresseerd was, maar dat kon je niet echt een gesprek over het onderwerp noemen. En nu zou er dus geen volgende generatie komen, want ik zag Nandina op haar leeftijd geen verbintenis meer aangaan. De lijn zou bij ons eindigen.

Misschien maar goed ook, dacht ik.

'Je had niet door dat er iets veranderd was,' vertelde mijn moeder. 'Op de terugweg uit het ziekenhuis zat je vrolijk op en neer te springen, je was blij dat je naar huis mocht, en toen klauterde je voordat een van ons bij je kon komen van de achterbank...'

'Ik wil het niet horen,' zei ik.

'... en toen klapte je been zó onder je dubbel en belandde je met een klap op je achterwerk op de stoep, maar je huilde niet. Je probeerde te lachen, maar je mond ging maar aan één kant omhoog, en toen keek je ons allebei met een heel verbaasd gezicht aan maar je probeerde nog steeds...'

'Ma!' zei ik. 'Hou op! Ik zei toch dat ik het niet wil horen!'

Ze kon weleens een beetje traag van begrip zijn, mijn moeder. Ik weet wel dat ze alleen maar het beste voor me wilde, maar toch had ik het gevoel dat ik mijn hele kindertijd bezig was haar af te weren. Het was 'Nee!' en 'Ga weg!' en 'Dat kan ik zelf wel!' Ik kon nooit de deur uit lopen zonder dat ze me nariep: 'Vergeet je wandelstok niet!'

'Die heb ik niet nodig.'

'Wel waar. Weet je nog wat er vorige week in het Memorial Stadium gebeurde?'

Dan klemde ik mijn kaken op elkaar en bleef met mijn gezicht naar de straat staan wachten tot zij achter me aan kwam met mijn wandelstok.

Ze stierf in 1998, nauwelijks een halfjaar na vader. Een hartaanval, allebei. Als ik nu terugkeek op al haar bemoederen en om me heen draaien, leek het wel mee te vallen. Het leek ontroerend. Maar ik wist: als ze nu opeens voor me zou staan en zou vragen wat ik me in mijn hoofd haalde: in bed kruipen in een t-shirt dat ik al de hele dag aanhad, dan zou ik haar meteen weer toebijten: 'Bemoei je er niet mee! Dat kan best!'

Ik viel bijna onmiddellijk in slaap, voor het eerst sinds Dorothy's dood. Ik droomde dat Jimmy Vantage nog naast ons woonde, ook al was hij in werkelijkheid na de zevende klas verhuisd. We gingen naar Stony Run, schildpadden zoeken. Maar Jimmy liep te snel voor me, ik kon hem niet bijhouden. Op een gegeven moment kroop ik zelfs over de stoep terwijl ik schreeuwde dat hij niet zo hard moest lopen. Wat vreemd was, omdat ik in mijn dromen gewoonlijk uitdrukkelijk gezond van lijf en leden ben. Haast alsof ik vleugels heb. Maar in deze droom zat ik helemaal in de knoop, ik kon geen kant op en kreeg bijna geen lucht, en toen ik wakker werd meende ik heel even het gruis van de stoep nog op mijn handpalmen te voelen.

Nandina zei dat zij wel wist waar we moesten zijn: Top Hat Roofers. Die vervingen al zolang ze zich kon herinneren de shingles op het dak van ons ouderlijk huis, zei ze, en die zouden heus wel begrijpen dat het bijzonder dringend was. 'Ik bel ze vandaag,' zei ze tegen mij. 'En bel jij dan intussen je verzekeringsagent. Of heb je dat al gedaan?'

'Eh...'

Ze schonk me een supergeduldige blik, zo'n blik van 'ik ken jou langer dan vandaag, makker'. Ik was geen fan van die blik. We zaten met thee en cornflakes aan de keukentafel – van oudsher het ontbijt bij ons thuis, door mij al jaren geleden verruild voor koffie en toost – en ze had een memoblokje voor zich liggen waar ze aantekeningen op maakte. Van haar memoblokjes was ik ook geen fan. 'Laat maar,' zei ik. 'Ik heb alles onder controle.'

'Wat versta je onder "alles"?'

'De verzekeringsagent, het dak... en het gaat om veel meer dan alleen maar het dak. Waaruit maar weer blijkt hoeveel jij ervan afweet. Ik heb een aannemer nodig.'

'En die heb je?' vroeg ze.

'Natuurlijk.'

Ze leek niet overtuigd.

'Hij heet...' zei ik, en toen begon ik opnieuw, als iemand die een stuk achteruit gaat voor een aanloop om ver te springen. 'Hij heet... Gil Bryan.'

Het was het beeld van die glanzende huid onder zijn ogen wat het eindelijk boven bracht. 'Ik bel hem vandaag wel even om over dat plafond in de gang te vertellen,' zei ik.

'O,' zei Nandina. 'Dan zal het wel goed zijn.'

Ze klonk bijna teleurgesteld.

Op mijn aandringen reden we allebei in onze eigen auto naar het centrum. 'Je weet maar nooit,' zei ik. 'Misschien willen we wel op een verschillend tijdstip naar huis.'

'Ik vind het niet erg om mijn schema aan te passen.'

'En bovendien,' zei ik, 'ga ik na het werk misschien even thuis langs om wat spullen op te halen.'

'Zal ik meegaan?'

'Nee.'

Eigenlijk was ik helemaal niet van plan naar huis toe te gaan. Ik had de ladekast en de klerenkast in mijn oude kamer geïnspecteerd en daar meer dan genoeg kleren gevonden om mee vooruit te kunnen, mits ik niet te kieskeurig was: uitgelubberde, kinderachtig ogende onderbroeken en jeans die me nog prima pasten, al leken ze een beetje hoog in de taille, en een button-down overhemd dat ik me herinnerde van de achtste klas. Je zou denken dat overhemden tijdloos waren, maar dit exemplaar had een nogal iele boord. Ach, wat gaf het. Bij het scheren behielp ik me met een plastic wegwerpmesje dat ik in de badkamer tussen Nandina's reservespullen vond. In de regel gebruik ik een elektrisch scheerapparaat. Ik nam me voor in mijn lunchpauze een nieuw te kopen.

Dat was het moment waarop ik voor het eerst onder ogen zag dat ik er niet aan moest denken mijn huis terug te zien: toen tot me doordrong dat ik liever geld uitgaf aan een nieuw scheerapparaat dan mijn oude uit het medicijnkastje te gaan halen.

Daarom sloot ik me zodra ik op mijn werk was in mijn kamer op en sloeg aan het bellen. Eerst liet ik een bericht achter op het antwoordapparaat van mijn verzekeringsmaatschappij – gewoon bij de maatschappij, want ik kon me absoluut niet herinneren wie mijn agent was, omdat ik die nog nooit nodig had gehad. Daarna zocht ik op internet naar 'gil bryan aannemer baltimore'. Geen Gil te bekennen, maar er was wel een Gebr. Bryan, Aannemers. Toen ik het nummer probeerde kreeg ik zowaar een echt, levend mens aan de lijn. 'Háll-o,' zei een man, te luid.

'Gebroeders Bryan?'

'Klopt.'

'Gil Bryan?'

'Nee.'

'Maar jullie hebben wel een Gil Bryan.'

'Klopt.'

'Kan ik die misschien spreken?'

'Hij is er niet.'

'Kan ik dan een boodschap voor hem achterlaten?'

'Ik geef zijn mobiele nummer wel.'

Ik noteerde het, maar belde niet meteen. Ik was al doodmoe van het gesprek met die eerste man.

Als ik mijn huis eens gewoon verkocht? Het als 'kluswoning' (zeg dat wel!) aanbood. Iemand betaalde om mijn spullen in te pakken zodat ik er nooit meer een voet over de drempel hoefde te zetten. Daar kon je vast wel mensen voor inhuren. Dan ging ik in een huurappartementje wonen, volledig gemeubileerd. En als daar iets mee gebeurde nam ik een ander.

Het vogelspotboek was door naar Irene, en ik werkte nu aan een van onze eigenbeheeruitgaven: *Mijn oorlog*, door George S. Hogan. Op kantoor noemden we het *Oorlog nummer dertien*. Hoe kwam het toch dat zo veel mannen hun militaire dienst als de meest bepalende periode van hun leven beschouwden? Ze konden negentig jaar of langer hebben geleefd, diverse malen zijn getrouwd, een half dozijn kinderen hebben verwekt en een uiterst geslaagde carrière hebben gehad, maar toch, als ze één ervaring moesten noemen die hen had gevormd, werd het Vietnam of Korea of de invasie van Normandië. En bij meneer Hogan was het wel bijzonder moeilijk te begrijpen, omdat zijn oorlog uitgesproken saai klonk. 'Mijn beste maatje in de kazerne was Cy Helm. Dat was echt een fijne kerel. Je kon je geen fijnere kerel wensen dan die ouwe Helm zeg ik altijd maar.'

Afgezien van een komma achter 'ouwe Helm' liet ik de tekst ongemoeid. Dat was ons beleid bij de eigenbeheermanuscripten. (Sommige mensen wilden niet eens dat er komma's toegevoegd werden.) Ik zwoegde nog drie bladzijden door, en toen wreef ik in mijn ogen, rekte me uit en ging een kop koffie halen.

Charles zat FreeCell te spelen op zijn computer. Hij was een gedrongen, kreukelige man met een permanent rood gezicht, iets ouder dan de rest, en hij had zijn eigen geheimzinnige schema waar wij ons geen van allen mee bemoeiden. Irene was zo te zien de deur uit en Peggy vulde net het melkkannetje bij. 'O, arme Aaron,' zei ze toen ze me zag. 'Ik heb van je plafond gehoord.'

Ik wierp een kwaadaardige blik in de richting van Nandina's deur.

'Door wie laat je het maken?' vroeg ze.

'Een mannetje dat ik ken.'

'Want ik weet een goede...'

'Niet nodig; het is al geregeld,' zei ik.

Toen voegde ik eraan toe: 'Maar toch bedankt,' omdat het anders misschien een beetje kortaf had geklonken.

Peggy trok het zich schijnbaar niet aan. Ze gaf me het melkkannetje, met het oor naar me toe, en vroeg: 'Hoe gaat het met meneer Hogans boek?'

'Ik zit net te lezen over zijn maatje, echt een fijne kerel,' antwoordde ik. 'Écht een fijne kerel. Je weet wel: toch wel zó'n fijne kerel.'

Peggy glimlachte. Ze was zo iemand zonder enig gevoel voor ironie. (Dat wil zeggen, tenzij je haar dirndlachtige kledingstijl meetelde, wat me soms wel de bedoeling leek.) Toch had ik het gevoel dat ik, eenmaal op dreef, ook moest doorgaan. 'Maar het kan vermoedelijk altijd erger,' zei ik. 'Het had ook *Mijn jaren in de gemeenteraad* kunnen zijn. Dat is mijn gouden standaard.'

Toen bemoeide Charles zich ermee, van achter zijn bureau aan de andere kant van het vertrek. 'Wat mij betreft *Het leven van een notaris*,' riep hij zonder zijn blik van het beeldscherm af te wenden.

'Ja, zit wat in. Hoe kon ik dát vergeten?'

'Herinner je je *Keukenrenovatie voor beginners* nog?' vroeg Peggy aan mij.

'Ja-a-a,' zei ik. Het was me niet speciaal bijgebleven.

'Ik dacht dat je daar iets aan zou kunnen hebben bij de reparatie van je huis.'

'Wauw!' zei ik. 'Een van onze boeken ook echt gebrúíken?'

Ze knikte plechtig.

'Goeie hemel,' zei ik. 'Daar zijn die boeken helemaal niet voor bedoeld.'

'Niet?'

'Nou ja, niet serieus. Ze zijn meer bedoeld als... gebaar. Iets wat je andere mensen cadeau geeft.'

'Maar in *Keukenrenovatie* bespreken ze wat je allemaal met de aannemer moet afspreken voor hij aan de slag gaat. Het leek me wel goed om dat te weten.'

De 'ze' over wie ze het had was ik toevallig, ik en een gepensioneerde keukenontwerper uit Anne Arundel County. Daarom zei ik maar: 'O. Dat is zo,' en liep toen zonder ook maar een moment te overwegen haar suggestie op te volgen met mijn koffie terug naar mijn kamer.

'Wijs hem er, voor je de prijs afspreekt, nog even op dat het een kopersmarkt is,' riep Charles me na. 'Kopersmarkt? Verkopersmarkt? Nou ja, wat dan ook.'

'Oké.'

Meneer Hogan beschreef manoeuvres. 'Smith en Donaldson lagen een meter of vijftig links van me en Merritt en Helm lagen rechts van me verscholen in het bos maar ik had geen zicht op ze omdat er een grote kuil in het terrein zat die zo'n tweehonderd meter noord-noordoost langs de...'

Mijn blik dwaalde naar mijn boekenkast. De Beginnersreeks nam diverse planken in beslag: een regenboog aan dunne, glanzende ruggen van gelijke hoogte. Ik stond op en liep ernaartoe om ze beter te bekijken. Ze stonden op verschijningsdatum, van de eerste tot de recentste. *Keukenrenovatie* was van een paar jaar geleden, en het stond op de bovenste plank. Ik trok het ertussenuit.

'Weet wat je wilt' was de titel van het eerste hoofdstuk. ('Welke plaats gebruik je in je huidige keuken voor het snijden en hakken? Als je tenminste ooit snijdt en hakt?') 'Het contact met de aannemer' was hoofdstuk twee. De rest van het boek bestond bijna in zijn geheel uit wat me nu een buitensporig gedetailleerd plan leek voor het inrichten van een tijdelijke keuken in een ongebruikte badkamer.

Ik nam het boek mee naar mijn bureau en ging zitten om het hoofdstuk over de aannemer te lezen. Het cruciale element was blijkbaar controle. 'Ga er niet van uit dat je, nadat je je instructies hebt gegeven, achteruit kunt leunen en je aannemer zijn gang kunt laten gaan. Deel hem of haar mee dat je zijn of haar vorderingen aan het eind van elke werkdag zult controleren. Sta erop dat hij of zij een tijdschema indient, op schrift, met daarin aangegeven welke onderdelen op welke data klaar dienen te zijn. Plan eens per week een bespreking, waarin je van hem of haar een overzicht verlangt van de uitgaven tot dan toe.'

Dat hem-of-haargedoe was aan Nandina te wijten, hoewel ze zich verder verre hield van alles wat met redigeren te maken had. (Al was het maar omdat ze niet kon spellen. Ze was een van de intelligentste vrouwen die ik kende, maar ze kon voor geen meter spellen.)

Ik deed het boek dicht met mijn wijsvinger ertussen en pakte de telefoon. Ik toetste het nummer in dat ik voor Gil Bryan had genoteerd.

'Hallo,' zei hij.

Hij klonk tenminste niet zo korzelig als die eerste man. Hij sprak op normaal volume, met op de achtergrond het gebrom van elektrisch gereedschap.

'Gil Bryan?' vroeg ik.

'Ja.'

'Met Aaron Woolcott. Eigenaar van dat huis in Rumor Road waar die-waar die...'

Stom genoeg kreeg ik het maar niet uit mijn mond.

'Waar die boom op gevallen is,' zei Gil Bryan. 'Ja.'

Maar zelfs met zijn hulp kwam ik niet verder. Ik kan niet uitleggen wat er gebeurde. De tranen schoten in mijn ogen en ik vertrouwde mijn stem niet.

'Denkt u erover het te laten repareren?' vroeg hij na even stilte.

Ik slikte en zei: 'Ja.'

'Als u wilt kan ik wel langskomen om het te bekijken.'

'Ik ben er niet,' zei ik. Ik schraapte mijn keel.

'Misschien na uw werk dan?'

'Ik ben er nooit meer, bedoel ik. Ik logeer bij mijn zus. Met die regen die we hebben gehad is het plastic gescheurd en het plafond in de gang ingezakt.'

Gil Bryan maakte een fluitend geluid tussen zijn tanden door.

'Wat ik dacht,' zei ik, 'kunt u misschien rond halfzes bij het huis van mijn zus langskomen, dan geef ik u gewoon de sleutel en dan kunt u zelf de boel gaan bekijken?'

'In mijn eentje, bedoelt u?'

'Ja.'

Het bleef even stil. Toen zei hij: 'Tja, dat kan wel, neem ik aan. Maar het zou beter zijn als u er zelf bij was.'

Ik zei niets.

'Goed dan,' zei hij. 'Dan doe ik het alleen.'

'Bedankt.'

'U hebt het alleen over het dak? Of ook over het interieur.'

'Alles. Ik weet niet. Zorgt u er maar voor. Beslist u maar.'

'Alles? Wat voor tijdsbestek had u in gedachten?'

'Geen idee,' zei ik. 'Zo veel tijd als nodig is, lijkt me.'

Toen gaf ik hem Nandina's adres, hing op en zette *Keukenrenovatie voor beginners* terug op zijn plaats op de plank.

Ik had halfzes gekozen met een reden: dan was Nandina nog op kantoor. Ze maakte er meestal een erezaak van 's middags het langst van iedereen te blijven. Daarom zou ze zich er niet tussen kunnen dringen bij mijn eerste gesprek met Gil Bryan. Ze zou er niet achter komen dat het mijn éérste gesprek met hem was.

Maar mijn zus heeft een griezelig zesde zintuig. Ik zou niet weten hoe ik het anders moest verklaren. Om kwart voor vijf klopte ze op mijn deur, stak haar hoofd om de hoek en zei: 'Ik ga. Tot straks thuis.'

'Je gaat nu al?'

'Waarom niet, ik ben op een goede plek om te stoppen,' zei ze. Ze had haar tas over haar schouder hangen.

Dus toen ik thuiskwam was zij al in de keuken met de voorbereidingen voor het eten bezig. En toen de bel ging kwam zij vlak na mij de gang in en droogde onderweg haar handen af aan de zoom van het schort dat ze over haar duster droeg.

Gil Bryan had het smerige, stoffige voorkomen van een man die de hele dag zwaar werk heeft verricht, maar de huid onder zijn ogen glansde nog steeds, en ik kreeg weer diezelfde indruk van betrouwbaarheid als de vorige keer. 'Kom binnen, meneer Bryan,' zei ik, en hij zei: 'Gil.'

'Aaron,' zei ik, en we gaven elkaar een hand. (Hij had een hand als een honkbalhandschoen.) Toen moest ik doorgaan: 'Dit is mijn zus, Nandina,' want ze stond er nog steeds. 'Aannemer,' zei ik kort tegen haar, en zij zei: 'O,' en trok zich weer terug in de keuken.

'Kom binnen, ga zitten,' zei ik tegen Gil.

'O, ik ben zo smerig als wat. Geef me de sleutel maar, dan ga ik weer.'

Ik viste mijn sleuteletui uit mijn zak. Terwijl ik mijn huissleutel loshaakte vroeg ik: 'Wilde je er vanavond naartoe gaan?'

'Leek me wel, ja.'

'Want ik weet niet zeker of er wel stroom is.'

'Oeps,' zei hij. 'Oké, dan ga ik morgenochtend. Dan kan ik de boel bij daglicht opnemen. Wat zou je ervan zeggen als ik morgen weer langskwam, zelfde tijd, als ik weet hoe het ervoor staat.'

'Klinkt goed.' Ik gaf hem de sleutel.

'En je wilt dat ik overal naar kijk.'

'Alles,' zei ik. 'Maak maar een lijst.'

'Oké dan,' zei hij. Maar ik kon merken dat mijn houding hem van zijn stuk bracht.

We gaven elkaar weer een hand en hij vertrok. Nog geen twee seconden later dook Nandina op uit de keuken. 'Dát was gauw klaar,' zei ze.

'Hij had alleen een sleutel nodig, meer niet.'

Ze knikte, kennelijk tevreden, en ging verder met koken.

Maar onder het eten vroeg ze: 'Hoe ben je eigenlijk aan de naam van die aannemer gekomen?'

'Via Jim Rust,' zei ik.

Ze hield haar hoofd schuin als iemand die meent een valse noot te horen in een lied. 'Jim Rust kent hem uit eigen ervaring?' vroeg ze.

'Ja, natuurlijk,' zei ik, al wist ik dat niet zeker. Toen zei ik: 'Het is allemaal geregeld, Nandina. Bemoei je er niet mee.'

'Nou ja! Sórry,' zei ze.

We aten de rest van het maal in stilte.

De volgende avond had ik Gil voor mezelf. Ik zat thuis al op hem te wachten toen hij aanbelde.

'Hé, hallo,' zei hij, en ik zei: 'Kom binnen.'

Deze keer had hij schone kleren aan – een chambray overhemd en een nette kakibroek – en toen ik hem daartoe uitnodigde nam hij plaats op de bank. Ik ging aan het andere uiteinde zitten. Hij had een hagelwitte dossiermap bij zich, zag ik tot mijn blijdschap. Die wees op een zekere mate van professionaliteit. Hij legde de map open op de lage tafel en spreidde een rits papieren uit die volgeschreven waren in een verrassend klein, net handschrift in hoofdletters.

'Oké, Aaron, zo staat het ervoor,' zei hij.

Ik vond het ook prettig dat hij mijn voornaam gebruikte. Bij werklieden die hardnekkig 'meneer' blijven zeggen, ook nadat je ze hebt gevraagd je te tutoyeren, krijg ik altijd het gevoel dat ze je opzettelijk op afstand proberen te houden.

'Je had gelijk wat de elektriciteit betreft,' zei hij. 'Er is kortsluiting geweest als gevolg van het water dat door de wanden naar het souterrain is gesijpeld. Daarvoor haal ik Watkins Wattage erbij, maar die hebben pas tijd om te komen kijken...'

Ik hoorde de voordeur opengaan.

'Aaron?' riep Nandina.

Verdomme. Ze verscheen in de ingang van de woonkamer.

'O,' zei ze.

Gil stond op. 'Avond.'

'Goeienavond.'

'We nemen wat cijfers door,' zei ik tegen haar.

Ik zond haar een blik die ze met geen mogelijkheid verkeerd kon begrijpen, en ze zei: 'O, goed, dan zal ik jullie niet langer storen,' en maakte dat ze wegkwam.

'Waar waren we?' vroeg ik aan Gil.

Hij was weer gaan zitten en bladerde door zijn papieren. 'Er is structurele schade aan de zolder,' zei hij. 'Die is het grootst. Er moeten enkele balken vervangen worden. Het dak natuurlijk, en de isolatie is niks meer waard; net als het plafond in de gang en de keuken en de keukenkastjes tegen de wand op het westen. De schoorsteen zal ook opnieuw opgetrokken moeten worden. Schoorstenen zijn nogal een klus, moet ik er helaas bij zeggen. Dan verder met de serre...'

'Kunnen we die er niet gewoon afhalen?' vroeg ik.

'Zeg dat nog eens?'

'De serre weghalen, slopen. Die is hoe dan ook een verloren zaak, en hij zat er toch maar aangeplakt. Hij maakt geen deel uit van het hoofd...'

'Willen jullie soms iets drinken?' vroeg Nandina. Daar was ze weer, nu vanuit de woonkamer.

'Nee,' zei ik.

'Meneer Bryan?'

'Gil,' zei hij. Hij stond alweer overeind. 'Nee, bedankt.'

'Een koud biertje misschien?'

'Nee, dank u.'

'Of een glas wijn?'

'Echt niks, maar bedankt.'

'Iets sterkers hebben we niet,' zei Nandina. Ze had zich een meter of wat de kamer in gewaagd; nog even en ze plofte in een leunstoel neer alsof dit een onderwerp was dat diepgaande discussie vereiste. 'Ik weet wel dat het nog steeds weer is voor gin-tonic, maar...'

'Nandína,' zei ik.

'Wat?'

'Geeft niks,' zei Gil tegen haar. 'Ik drink niet.'

'O.'

'AA,' zei hij. Terwijl hij het zei rechtte hij bijna uitdagend zijn rug, maar toen hief hij zo'n beetje onzeker zijn hand en voelde aan zijn baard.

'O, neem me niet kwalijk!' zei Nandina.

'Geen probleem.'

Ik verwachtte niet anders dan dat Nandina nu meteen op de niet-alcoholische afdeling van de kaart zou overstappen, maar voor ze de kans kreeg zei Gil tegen haar: 'We hadden het net over de serre. Aaron zei dat hij die eraf wil halen.'

'Eraf? Van het huis?'

'Dat zei hij, ja.'

'Nou, dat slaat echt helemaal nergens op,' zei Nandina tegen mij. 'Daarmee verlaag je de verkoopwaarde.'

'Wat kan mij de verkoopwaarde schelen?' zei ik.

'Het is toch al zo'n piepklein huis. Je hebt die ruimte nodig.'

'Mogen we even, Nandina? We zitten hier midden in een privégesprek.'

'Je bent gewoon kwaad op die serre, dat is het.'

'Kwaad!'

'Je bent er gewoon... emotioneel over, door wat daar gebeurd is.'

'Goeie god, Nandina, wat gaat jou dat aan?'

'Ik heb een idee,' kwam Gil ertussen. Hij sprak op overdreven kalme, redelijke toon, alsof hij over een verdrag onderhandelde. 'Als we de serre er eens aan hielden, maar met een andere indeling.'

'Een andere indeling?' vroeg ik.

'Kijk, zoals het er nu uitziet zou ik zeggen dat je een bureau of zo had staan tegen die muur met planken die aan het huis grenst, klopt dat?'

De muur waar de tv had gehangen, die haar dood was geworden. Ik knikte.

'Als we het dan eens zo planden dat je bureau met het zicht naar de voorkant komt te staan, midden in de ruimte. Dat is toch veel beter? Dan kijk je uit op de voortuin. En dan kunnen we helemaal rondom een rij planken maken, onder de ramen langs. Gewoon lage, ingebouwde planken. Dan krijg je, nou, een heel nieuwe, andere opstelling.'

'Tja, ik weet niet,' zei ik.

Al snapte ik wel wat hij bedoelde.

En dat moest Nandina hebben geraden, want ze zei: 'Dank u, meneer Bryan.'

Toen draaide ze zich om en liet ons eindelijk alleen, Gil ging weer op de bank zitten en we bogen ons weer over zijn papieren.

Meneer Hogan vertelde dat hij een ingeving had gekregen voor zijn oorlogsboek. Hij vond dat zijn brieven naar huis, aan zijn moeder, erin opgenomen moesten worden. Ik vond het best. Wij waren alleen maar zijn drukker. Maar wat ik niet had begrepen was dat hij de brieven in hun originele, handgeschreven vorm wilde inleveren. Op een dag begin oktober legde hij ze op mijn bureau: een tien centimeter dikke stapel enveloppen, bijeengehouden door een satijnen lint dat vermoedelijk ooit blauw was geweest. 'Even een voorbeeld,' zei hij terwijl hij er een envelop uit trok. Hoewel ik hem een stoel had aangeboden was hij nog niet eens gaan zitten. Hij was een klein, gebogen, witharig mannetje met hoekige rode vlekken op zijn wangen die hem een enthousiast voorkomen gaven. Met zijn kromme vingers trok hij de brief uit de envelop. Zelfs van waar ik stond kon ik zien dat hij vrijwel onleesbaar was: potloodkrabbels, vervaagd tot zilver, op bobbelig cellofaan.

'U zou ze natuurlijk wel moeten laten uittypen,' zei ik.

'Hier vertel ik haar uitvoerig wat we te eten krijgen. En dat ik haar gebakken elft en haar kuit van elft mis.'

'Meneer Hogan? Gaat u ze laten uittypen?'

'Ik vertel dat ik sinds ik van huis ben gegaan geen echte hartige broodjes meer heb gehad.'

'Wie heeft uw originele manuscript getypt?' vroeg ik. Dat had er heel behoorlijk uitgezien toen het binnenkwam, iets waar je in ons werk niet automatisch van mocht uitgaan. (En elektronisch inleveren, in welke vorm dan ook, konden we al helemaal vergeten.)

'Dat was mijn schoondochter, die dat heeft gedaan,' zei hij.

'Kan zij deze brieven soms ook uittypen?'

'Dat wil ik haar niet vragen.'

Zinloos om te vragen waarom niet, veronderstelde ik. De bereidwilligheid van anderen neemt af. Zo gaat dat. Ik liep naar de deur van mijn kamer en opende hem. 'Peggy?' riep ik. 'Kun je die lijst van professionele typistes even brengen?'

'Komt eraan.'

'Zou ik daarvoor moeten betalen?' vroeg meneer Hogan aan mij.

'Eh, ja.'

'Want het geld groeit me niet op mijn rug, hoor.'

'Zo duur zal het nu ook wel niet zijn.'

'Ik heb er al mijn spaargeld al in gestoken.'

Peggy kwam binnen met een vel papier. Het leek wel of ze een crinoline aanhad onder haar rok. Ik wist niet eens dat die nog te koop waren. 'Hoe gaat het vandaag met de artritis, meneer Hogan?' vroeg ze.

'Hij zegt dat ik deze brieven moet laten uittypen,' zei hij.

'Ach,' zei Peggy, 'ik heb hier een hele lijst van mensen die u daarbij kunnen helpen.'

'Ik denk niet dat ik dat kan betalen.'

Peggy keek de lijst langs, alsof ze daar een oplossing zou kunnen vinden.

'Het zijn brieven die ik aan mijn moeder heb geschreven,' zei meneer Hogan, en hij hield die ene met twee handen omhoog. 'Ik dacht dat die misschien wat extra's aan mijn verhaal zouden kunnen toevoegen.'

'O, brieven van het front doen het altijd goed,' zei Peggy.

'De mijne komen uit, eh, Florida.'

'Maar toch,' zei Peggy.

'Ik schrijf dat ik haar kookkunst zo mis. Haar gebakken elft en haar kuit van elft.'

'Ik ben gek op van die kuit,' zei Peggy.

'Hoe dan ook...' zei ik.

'Ik leef van een vast inkomen,' zei meneer Hogan. Hij tuurde Peggy aandachtig in de ogen en de brief in zijn handen beefde.

'Weet u wat,' zei Peggy, 'als ík ze eens voor u uittypte.'

Alsof ik dat niet had zien aankomen.

'Zou je me daarvoor laten betalen?' vroeg hij.

'Nee, hoor,' zei ze. 'Het is echt geen moeite.'

'Nou, dan graag,' zei hij. Een beetje te vlotjes, naar mijn mening.

Ik zei: 'Dat is heel aardig van je, Peggy,' maar op strenge toon, alsof ik haar een verwijt maakte.

Het was aan hen allebei verspild. Peggy wierp me alleen een glimlach toe en meneer Hogan was druk bezig zijn brief in de envelop terug te stoppen.

Ik was altijd bang dat onze oudere klanten zich door Peggy beledigd zouden kunnen voelen. Haar honingzoete stem en haar overdreven eerbiedige manier van doen konden gemakkelijk, laten we zeggen, neerbuigend overkomen. Uit de hoogte. Ík zou haar uit de hoogte hebben gevonden. Maar daarin scheen ik de enige te zijn. Meneer Hogan legde heel tevreden zijn stapel brieven in haar hand en zei tegen mij, met zijn kin strijdlustig in de lucht: 'Ik wist zeker dat het wel in orde zou komen!'

Op de een of andere manier was ik de boeman geworden. Dat was niet voor het eerst.

Toen meneer Hogan weg was zei ik tegen Peggy: 'Ik hoop echt dat je beseft wat je je op de hals hebt gehaald.'

'Ja, hoor,' zei ze minzaam.

Daarna bood ze aan een kop koffie voor me te halen, ook al was het halverwege de middag. Ik dronk 's middags nooit koffie, zoals ze maar al te goed wist. Ze veranderde alleen van onderwerp.

Als Peggy er niet was geweest zou Dorothy haar Triscuits op de plaats hebben gevonden waar ze ze had neergelegd. Dat hield me af en toe bezig. Ik peinsde erover: kon ik zeggen dat Dorothy nog zou leven als Peggy er niet was geweest? Maar dat klopte niet helemaal. Dorothy had haar zes Triscuits vaak meegenomen naar de serre. Hoogstwaarschijnlijk zou het niets hebben veranderd als ze ze wel had gevonden.

Dus dat kon ik Peggy eigenlijk niet kwalijk nemen. Hoewel ik haar de laatste tijd wel íéts scheen kwalijk te nemen. Ze deed nu eenmaal zo, hoe moet ik het noemen, zo overdreven lief. En Irene deed haar best om me te ontwijken, alsof mijn verdriet besmettelijk zou kunnen zijn, en Charles slaagde er niet eens in me aan te kijken. O, wat was ik mijn collega's spuugzat.

Misschien moest ik vakantie nemen. Maar hoe moest ik dan mijn tijd vullen? Ik had niet eens hobby's.

'Misschien moet ik vrijwilligerswerk gaan doen of zo,' zei ik tegen Peggy. 'Me opgeven bij een of andere liefdadigheidsinstelling. Alleen zou ik niks specifieks weten wat ik zou kunnen doen.'

Ze leek op het punt te staan iets te zeggen, maar toen moet ze zich hebben bedacht.

Mijn verzekeringsagent bleek Concepción te heten. Hoe had ik dat nu kunnen vergeten? Ze regelde meer met Gil dan met mij. Ik gaf haar Gils mobiele nummer en samen werden ze twee handen op één buik: ze overlegden via e-mail en persoonlijk en faxten documenten over en weer. Gils dossiermap veranderde in een tien centimeter dik aantekenboek met gekleurde ruitertjes, boordevol begrotingen, bonnen, schema's en lijstjes. Daarmee kwam hij bijna elke avond na het eten langs, en dan ging hij op de bank zitten en legde de hele salontafel vol met papieren om toe te lichten hoe alles opschoot, zo gedetailleerd dat *Keukenrenovatie voor beginners* meer dan tevreden zou zijn geweest. De kapotte balken waren al vervangen en het dak was bijna klaar. Hij streefde ernaar het weer te vlug af te zijn, zei hij.

Met het interieur ging hij later aan de slag, als het te koud was geworden om buiten te werken. Hij had twee extra timmermannen aangenomen en tot dusverre verliep alles volgens schema, zoals ik zelf zou kunnen zien als ik de boel ooit kwam bekijken.

'Een dezer dagen misschien,' zei ik.

Hij keek me even aan. Ik verwachtte dat hij me, net als andere mensen (mijn zus, om precies te zijn) onder druk zou zetten, maar het enige wat hij ten slotte zei was: 'Oké.'

'Ik bedoel, natuurlijk kom ik wel een keer kijken.'

'Prima,' zei hij. 'En in de tussentijd blijf ik gewoon hier langskomen. Geen enkel probleem.'

Aan wie deed hij me op dat moment denken? Ach, natuurlijk: aan Peggy. Peggy tegenover meneer Hogan, zo behulpzaam en tactvol. Eigenlijk zouden Peggy en hij een goed stel vormen. Ik moest grinniken bij het idee: Peggy in haar crinoline, net zo'n porseleinen herderinnetje, hand in hand met grizzlybeer Gil.

'Hé, Gil,' zei ik. 'Heb jij een vrouw?'

'Eh, nee,' zei hij, zo bedeesd en met ingetrokken hoofd als iemand die een compliment ontduikt.

'Je bent nooit getrouwd geweest?'

'Nee.' Hij wreef over zijn baard. 'Ik heb vroeger nogal wat verkeerd gedaan,' bekende hij na een korte stilte. 'School niet afgemaakt, met de verkeerde mensen opgetrokken... Het moment om te trouwen is denk ik langs me heen gegaan.'

'Nou, zo te zien is het je gelukt een heel andere weg in te slaan.'

'Als mijn neef er niet was geweest zou ik nog steeds ergens naast een barkruk liggen,' zei hij, 'neem dat maar van mij aan. Mijn neef Abner; die heeft me bij hem in de zaak genomen. Mijn leven gered eigenlijk.'

'En je broer dan?' vroeg ik.

'Welke broer?'

'Het is toch Gebr. Bryan, Aannemers?'

'Eh, ja. Maar dat is alleen omdat "Neven Bryan" niet zou werken.'

'Nee?'

'Kom op, zeg, dat klinkt toch niet?'

Ik lachte.

'Nee, ik heb geen broers,' zei hij. 'Alleen een stel zussen, die me altijd aan mijn kop zeuren.'

'Vertel mij wat,' zei ik. 'Zussen.'

'Zeg,' begon hij, alsof hij zijn kans greep. 'Neem me niet kwalijk dat ik erover begin, maar ik vroeg me af of je iets met je spullen wilt.'

'Mijn spullen,' zei ik.

'Je administratie en zo en de persoonlijke eigendommen die je in je huis hebt laten liggen. Je post, ook. Elke dag als ik binnenkom ligt de hele gang achter de voordeur vol post. Het is geen enkele moeite voor mij om die mee te brengen, maar wist je dat je ook gewoon online aan het postkantoor kunt doorgeven dat ze die hier moeten bezorgen?'

'Je hebt gelijk,' zei ik. 'Dat zal ik doen.'

'En dan je keukenspullen. Het serviesgoed in de kastjes. Als we eenmaal binnen aan de slag gaan kun je dat beter allemaal inpakken en in de slaapkamer zetten of zo.'

'Ik zal ervoor zorgen,' beloofde ik.

'Je zus heeft de inhoud van de koelkast al meegenomen, maar er is nog meer, cornflakes, blikvoorraad en zo.'

'Is mijn zus er geweest?'

'Alleen om de spullen uit de koelkast te halen.'

'Dat wist ik niet,' zei ik.

'Ik neem aan dat ze jou er niet mee lastig wilde vallen.'

Ik keek neer op het vel met onkosten dat ik in mijn hand had en zei: 'Ik weet best dat het wel onredelijk van me zal lijken dat ik niet naar het huis wil. Het is alleen dat ik bang ben dat het me, nou, te veel zou worden of zo.'

'Tja. Dat snap ik wel,' zei hij.

'Eerlijk gezegd weet ik niet of ik er ooit weer naartoe zal willen.'

'O, wacht maar tot je ziet hoe wij het opknappen,' zei hij. 'Ik had bedacht dat we in de gang aan de voorkant misschien een lichtere kleur vloerplanken kunnen leggen. Vooropgesteld dat jij het daarmee eens bent, natuurlijk.'

'Maar dan nog,' zei ik. 'Zelfs met lichtere vloerplanken.'

Hij wachtte geduldig, met zijn ogen op de mijne gericht.

'Hé!' zei ik. 'Je wilt het zeker niet van me kopen? Als investering of zo? Als je het eenmaal hebt opgeknapt zou je er een leuke winst mee kunnen maken, wed ik.' Toen lachte ik zo'n beetje, voor het geval hij er ook om moest lachen. Maar dat was niet zo. Hij zei: 'Daar heb ik het geld niet voor.'

'O.'

'Hoor eens,' zei hij. 'Maak je maar niet druk om je spullen. Ik laat ze gewoon door mijn mensen inpakken, zolang jij het niet vervelend vindt dat ze eraan zitten.'

'Natuurlijk niet,' zei ik. 'Als ze de boel naar het stort brachten zou ik ze waarschijnlijk niet eens missen.'

'O, dat doen ze heus niet. En als we soms iets tegenkomen waarvan we denken dat je het hier nodig zou kunnen hebben, breng ik dat de volgende keer dat ik kom gewoon mee in de truck.'

'Nou, bedankt,' zei ik.

Ik schraapte mijn keel.

'Nog één ding...' zei ik.

Hij wachtte af.

'Wat denk je, zou je wat kleren voor me mee kunnen brengen?'

'Kleren.'

'Gewoon wat er in mijn kast hangt, en uit de ladekast aan mijn kant van het bed?'

'Eh,' zei hij.

Ik wees op wat ik aanhad. Tot dan toe had ik me beholpen met de kleren die ik in mijn oude kamer had aangetroffen, maar het viel niet te ontkennen dat ik er wat al te jeugdig bijliep. 'Je mag alles zo in de bak van je truck kieperen,' zei ik. 'Je hoeft het niet in te pakken of zo.'

'Best,' zei hij, 'dat zal wel lukken.'

'Dank je wel,' zei ik.

Ik wist dat ik Nandina dankbaar had moeten zijn voor die koelkastexcursie. (Zelfs al twijfelde ik er geen moment aan dat speurzin ook een rol had gespeeld.) O, als ik maar de moeite nam om erop te letten merkte ik altijd dat ik werd omringd door mensen die hun best deden een oogje op me te houden. Nandina was niet de enige. Charles bracht af en toe een door zijn vrouw gebakken bananenbrood voor me mee, in folie verpakt, zwaar als een baksteen. Irene legde folders op mijn bureau voor levensgevaarlijke avonturen, bedoeld om mijn aandacht van mezelf af te leiden: deltavliegen, rotsklimmen en duiken tussen koraalriffen. Mijn vroegere buren belden geregeld om me te eten te vragen, en als ik dan met een smoes kwam zeiden ze 'Okéee...' met zo'n onwillige uithaal die aangaf dat ik er deze keer nog mee wegkwam, maar niet voorgoed. En Luke had van ons etentje in het restaurant een bijna-wekelijkse gebeurtenis gemaakt, terwijl Nate zijn spelletje racquetball met mij in de sportschool weer had opgepakt.

Maar ik was niet zo goed in dankbaar accepteren. En al helemaal niet bij Nandina. Bij Nandina was ik voortdurend in de verdediging: geprikkeld als ze zich ergens mee bemoeide en afwerend bij alles wat ze zei, hoe goedbedoeld ook. Niet dat ze dat soms niet verdiende. Waar ze allemaal niet mee aankwam! Zo zei ze een keer: 'Je hoeft in elk geval niet veel aan te passen in je huishouden. Omdat Dorothy toch nooit voor je kookte of zo, bedoel ik.'

('Nee,' luidde mijn weerwoord daarop, 'we hadden een heel gelijkwaardig huwelijk. We gingen als bekwame volwassenen met elkaar om.')

Of een andere keer, toen ik het op me nam de was voor ons beiden te doen: 'Dórothy vond het ongetwijfeld voldoende om de was domweg uit te zoeken op wit en kleur,' zei ze toegeeflijk tegen me, 'maar het is gebruikelijk om de gekleurde was dan nog in licht en donker te verdelen.'

Ik vertelde maar niet dat Dorothy die drie categorieën eerder met z'n allen tegelijk in de machine zou hebben gestopt, en liet het erbij.

Steeds vaker hoorde ik mijn zus denken: vreselijk dat zijn vrouw moest sterven, maar was ze nou echt zo veel verdriet waard? Moet dat nu echt zo lang duren?

'Jij gaat ervan uit dat niemand het merkt als je een dag scheren overslaat of de hele week in dezelfde kleren rondloopt,' zei ze, 'maar dat gebeurt wel. Betsy Hardy vertelde dat ze laatst aan de overkant van de straat was gaan lopen toen ze jou zag aankomen, omdat ze dacht dat je liever niet gezien zou willen worden zoals je erbij liep. Ik zei: "Goh, wat lief van je, Betsy, om zo attent te zijn, maar eerlijk gezegd geloof ik niet dat het hem ook maar iets zou kunnen schelen."'

'Betsy Hardy? Die heb ik niet gezien.'

'Maar zij jou wel, dat bedoel ik net,' zei Nandina. 'Ik dacht dat je van plan was bij je thuis beter uitziende kleren op te halen.'

'O, Gil brengt wat mee.'

'Wat: wil je zeggen dat je hem in jouw spullen laat snuffelen?'

'Eh, ja.'

Ze keek me met toegeknepen ogen aan. 'Toen Jim Rust Gil aanraadde,' zei ze, 'heeft hij je toen ook iets over zijn achtergrond verteld? Wat zijn voorgeschiedenis is? Waar hij vandaan komt? Komt hij hier uit Baltimore?'

'Het is een prima vent, Nandina. Neem dat maar van mij aan.'

'Ik was gewoon nieuwsgierig, meer niet.'

'Hij had je nooit moeten laten merken dat hij bij de AA zit.'

'Ik heb niks tegen de AA.'

'Het is beter dan níét bij de AA zitten als hij daar wel thuishoort,' merkte ik op.

'Ja, natuurlijk. Denk je dat ik daarom naar zijn achtergrond vroeg, vanwege de AA? Daar heeft hij mijn volledige steun in. Zeg nou zelf, als hij langskomt bied ik hem toch altijd vruchtensap of limonade aan?'

'Klopt,' zei ik.

Maar dat was alleen maar omdat ze hem een keer met een blikje cola had betrapt, wist ik. Nandina was nogal fanatiek op het punt van frisdrank. Ze had er niet zomaar een hekel aan: ze bekeek die met morele verontwaardiging. Als er een twaalfstappenplan voor coladrinkers bestond zou ze daar vast en zeker een fors bedrag aan hebben overgemaakt.

Maar hoor mij nou. Ik had het recht niet om over haar te klagen. Toen ze hoorde dat ik nergens anders naartoe kon had ze me zonder aarzelen in huis genomen, en geen spoortje ergernis getoond omdat ik haar privéleven op zijn kop zette. Ze was mijn naaste levende verwant. We deelden jeugdherinneringen waar niemand anders deelgenoot van was.

Als we met ons tweeën waren gebeurde het vaak dat een van ons een zin begon zoals vader altijd deed: 'Onnodig op te merken...' Pa's vaste grapje, als je het zo mocht noemen. En dan glimlachte de ander.

Of toen ik de porseleinen schaal doorzocht, nadat Gil hem had meegebracht – de schaal bij mij uit de gang, boordevol reclame, afhaalmenu's en verdwaalde bonnetjes. Op een avond spreidde ik alles uit op de keukentafel terwijl Nandina stond te koken, en daar was het visitekaartje van de gebroeders Bryan. 'Gilead!' zei ik.

'Wat?'

'Zo heet Gil: Gilead Bryan. Ik had altijd aangenomen dat het Gilbert was.'

Nandina hield op met in de soep roeren en zei: 'Gilead. Zoals dat lied?'

'Zoals dat lied,' zei ik, en dat was weer zo'n 'onnodig op te merken'-moment, want hoeveel andere mensen zouden meteen aan 'There Is a Balm in Gilead' moeten denken? Dat was moeders lievelingsgezang, ze zong het altijd onder de afwas, alleen dacht ik altijd dat het een *bomb* in Gilead was, en toen een neefje me uitlachte omdat ik het zo zong mepte Nandina hem met het Monopoly-bord op zijn hoofd.

Weer in het ouderlijk huis wonen was eigenlijk zo vervelend nog niet. In zekere zin was het best gezellig.

In de kerstperiode zette de uitgeverij altijd een van de oude titels opnieuw in de schijnwerpers, *Cadeautjes geven voor beginners*. We zorgden dat het overal in de stad naast de kassa uitgestald lag, met om elk exemplaar een rood satijnen lint gestrikt. In mijn ogen sloeg die strik nergens op. Het was tenslotte een boek óver cadeaus; zelf was het geen cadeau. Maar Irene was erg dol op die strik, die ze een paar jaar geleden had verzonnen, en Charles beweerde dat hij het goed deed bij de kopers. Waar het de smaak van het publiek betrof luisterden we gewoonlijk naar Charles. Hij was de enige van ons die een in mijn ogen normaal leven leidde: al eeuwig met dezelfde vrouw getrouwd, met wie hij drie tienerdochters had, een drieling. Hij vertelde graag grappige huiselijke anekdotes, à la *Brady Bunch*, over zijn dochters, waar wij dan allemaal naar bleven luisteren als een groep antropologen die buitenlandse gebruiken bestudeert.

Nandina en ik lieten Kerstmis vrijwel onopgemerkt voorbijgaan. We gaven elkaar al jaren geen cadeautjes meer en afgezien van de dennenkrans die Nandina uit de supermarkt meebracht deden we geen poging iets te versieren. Op eerste kerstdag gingen we bij tante Selma eten, zoals we van jongs af aan gewend waren. Zelfs mijn huwelijk had daar geen verandering in gebracht, al hadden Dorothy en ik ons elke keer weer heilig voorgenomen volgend jaar Kerstmis iets anders te gaan doen. Het eten was bedroevend en naarmate er meer familieleden doodgingen of verhuisden kromp de gastenlijst. Dit jaar zaten we maar met ons vijven aan tafel: tante Selma zelf, Nandina en ik, en tante Selma's zoon Roger met zijn veel jongere, derde vrouw, Ann-Marie. We hadden Roger en Ann-Marie sinds vorig jaar Kerstmis niet meer gezien, zodat we ons nog door de kwestie van Dorothy's dood heen moesten worstelen. Roger was zo iemand die het liefst deed alsof er niets was gebeurd. Hij was er zelfs duidelijk mee verlegen dat ik de slechte smaak had gehad te komen opdagen. Maar Ann-Marie draaide er niet omheen. 'Ik vond het zo verschrikkelijk erg,' zei ze, 'toen ik van Dorothy's overlijden hoorde.'

'Dank je,' zei ik.

'En vorige Kerstmis zag ze er nog zo goed uit!'

'Tja... er mankeerde haar ook niks.'

'Maar hoe gaat het met jou?' vroeg ze.

'Best.'

'Nee, hoe gaat het écht?'

'Ik red me wel, alles in aanmerking genomen.'

'Dat vraag ik omdat mijn vriendin? – Louise? – die heeft net haar man verloren.'

'O, wat naar.'

'Hij is gisterochtend overleden. Leukemie.'

'Gisteren!' zei tante Selma. 'De dag voor Kerstmis!'

'Ja, en dan weet je gewoon dat ze nooit meer een kerstfeest zal kunnen vieren zonder aan Barry herinnerd te worden.'

'En het zal ook wel lastig worden om de begrafenis te regelen,' zei tante Selma.

'Maar, Aaron?' vroeg Ann-Marie. 'Heb jij soms nog wijze woorden die ik aan haar kan doorgeven?'

'Wijze woorden,' zei ik.

'Om het rouwproces door te komen bijvoorbeeld?'

'Was het maar waar,' zei ik. 'Maar ik ben bang dat ik daar niet bij kan helpen.'

'Ach ja. Dan vertel ik haar gewoon dat jij het zo te zien hebt overleefd,' zei ze.

'Toe nou, Ann-Marie!' zei Roger, alsof het op de een of andere manier laakbaar was om de dood van een geliefde te overleven. Maar het gekke was dat op dat moment plotseling tot me doordrong dat ik het inderdaad had overleefd. Ik stelde me voor hoe Ann-Maries vriendin die ochtend wakker was geworden, de eerste volle dag van haar leven zonder haar man, en ik dankte de hemel dat ik dat stadium voorbij was. Ook al deed het nog steeds voortdurend pijn, toch scheen ik zonder het te merken een klein beetje afstand te hebben genomen van die eerste ondraaglijke slag.

Ik ging rechtop zitten en haalde diep adem, en op dat moment begon ik te geloven dat ik er misschien echt overheen zou komen.

En toch kreeg ik nog maar twee avonden later zo'n droomachtige gedachte die langsdrijft als je net in slaap valt. Hé, Dorothy heeft al een poosje niet meer gebeld, dacht ik.

Toen we pas getrouwd waren belde ze me vaak vanuit haar praktijk, zomaar om even te kletsen en te horen hoe het met mijn werk ging. Dus de wittebroodsweken waren blijkbaar afgelopen. Heel even vond ik dat jammer, al wist ik dat het de normale gang van zaken was.

Maar toen werd ik opeens klaarwakker en dacht: o. Ze is dood.

En het was nog niets gemakkelijker dan in het allereerste begin. Ik kan dit niet, dacht ik. Ik zou niet weten hoe. Hier geven ze geen cursussen voor. Dit heb ik nooit geleerd.

Eigenlijk was ik nog geen stap verder.

Half januari werd het echt winter. Er viel bijna een decimeter sneeuw en daarna was het een paar weken bitter koud. Maar tegen die tijd zat het buitenwerk aan mijn huis er bijna op en waren Gils mannen binnen bezig. Hij vertelde dat ze nu de plafonds opnieuw aan het stuken waren. 'Mooi zo,' zei ik. Ik ging niet zelf kijken. Maar Nandina wel. Na afloop deed ze me verslag; ze had gevonden dat iemand mijn onbeleefdheid moest goedmaken, zei ze. 'Onbeleefdheid?' vroeg ik. 'Tegen wie ben ik onbeleefd geweest?'

'De stukadoors natuurlijk,' zei ze. 'Arbeiders willen graag merken dat hun werk gewaardeerd wordt. Ze hebben prima werk geleverd met die plafonds. Geen oneffenheidje te zien.'

'Nou, mooi.'

'Hierna moet je de vloer voor de gang uitkiezen.'

'Ja, Nandina. Gil heeft me de stalen laten zien. Ik heb voor Maple Syrup gestemd.'

'Je hebt voor Warm Honey gestemd. Maar hoe kun je nu weten hoe Warm Honey er ter plekke bij jou in de gang uitziet als je in mijn woonkamer op de bank zit?'

'Oké, ga jij maar,' zei ik, 'als jij je er zo druk om maakt.'

Ze ging. Ze kwam terug met de mededeling dat Warm Honey ermee door kon, nam ze aan, maar dat Butterscotch naar haar idee beter zou staan.

'Best,' zei ik. 'Butterscotch dan maar.'

Ik nam aan dat de kous daarmee af was, maar toch, vraag me niet waarom, leek ze niet tevreden.

Midden in de slappe periode tussen Kerstmis en Pasen stelde Charles een nieuw marketingconcept voor. 'Er komt weer een periode voor cadeaus aan,' zei hij. 'Moederdag, Vaderdag, eindexamens, junihuwelijken... Wat zouden jullie ervan zeggen als we een verzameling Beginnersboeken aanboden, op onderwerp bij elkaar gezocht in een cassette. Zo kunnen bruidsparen bijvoorbeeld *Keukeninrichting voor beginners*, *Menuplanning voor beginners* en *Etentjes voor beginners* krijgen. Geen nieuwe uitgaven nodig: gewoon bestaande, met een nieuw omslag in één kleur. Ik zie het voor me: hoogglans wit voor de bruidsparen. Roze voor Moederdag misschien. Lijkt dat jullie ook wat?'

'Had je daar niet vanochtend tijdens de vergadering mee kunnen komen, Charles?' vroeg Nandina. Het was eind van de middag en we waren met ons allen in de gezamenlijke ruimte. Nandina ging weer vroeg weg. Ze stond met haar jas over haar arm. Maar Charles leunde op zijn gemak achterover in zijn stoel en zei: 'Vanochtend had ik het nog niet bedacht. Ik kwam er tussen de middag op. Zo gaat dat bij mij altijd als ik bij de lunch een martini neem. Ik moet echt meer gaan drinken.'

Nandina sloeg haar ogen ten hemel en Irene lachte zonder op te kijken uit de catalogus die ze zat te bestuderen. Maar ik zei: 'Ik snap wat je bedoelt.'

'Maar dan niet zomaar een martini,' zei hij tegen mij. 'Ik heb het liefst die bij Montague's. Het lijkt wel of ze daar speciale krachten hebben.'

'Ik had het over die cassettes.' Het was een rustige dag geweest en om wat tijd te doden had ik de Beginnersreeks op titel gerangschikt in plaats van op datum. Daardoor had ik alle onderwerpen helder voor de geest. Ik zei: 'Voor de afgestudeerden zouden we *Solliciteren*, *Huizenjacht* en *Maandbegroting* kunnen doen. Misschien *Keukeninrichting* er ook nog bij.'

'Precies,' zei Charles. 'En zo nodig kunnen we oude titels zonder veel moeite herzien.'

'Maar een cassette is zo beperkend!' zei Peggy. 'En iemand die net is afgestudeerd is er misschien nog helemaal niet aan toe een huis te kopen. En een bruid heeft

Maandbegroting misschien al gekocht toen ze net uit huis ging.'

'Dat is het mooie ervan,' zei Charles. 'Mensen houden van complete sets. Dat bevredigt hun verzamelinstinct of zoiets. Als een boek een andere kleur heeft gekregen om bij de andere van een stel te passen kopen ze het gewoon opnieuw. Of ze zeggen: "Ik weet zeker dat ik ooit wel op huizenjacht ga."'

'Dat is zo,' zei Irene. Ze legde haar catalogus neer, met een lange vuurrode nagel bij de plaats waar ze was. 'Ik heb net een gloednieuwe set van *Anne van het Groene Huis* gekocht, ook al had ik de meeste delen al in verschillende uitgaven.'

'Lees jij *Anne van het Groene Huis*?' vroeg ik.

'Ja! Dat is waar ook!' zei Peggy. 'Ik heb precies hetzelfde gedaan met de boeken van Winnie de Poeh.'

Op de een of andere manier kon ik dat makkelijker voor me zien dan Irene die met *Anne van het Groene Huis* op de bank genesteld zat.

Alleen Nandina leek niet overtuigd. 'We hebben het er morgen nog wel over,' zei ze terwijl ze naar de deur liep. 'Ik ben al laat voor een afspraak.'

'Toch is het wel een idee, vind je niet?' riep Charles haar na. En toen tegen ons, omdat Nandina al weg was: 'Vinden jullie niet?'

'Jazeker,' zei Irene. 'Een briljant idee zelfs.'

'Ach, gewoon *Marketing voor beginners*,' zei hij bescheiden.

'Eerder *Boerenbedrog voor beginners*,' zei ik.

'Hé! Je zei zelf dat je er wat in zag.'

'Eh, ja.'

Ik zal wel een beetje jaloers zijn geweest. Irene zei nooit dat een idee van mij briljant was.

Ik had die dag nog één afspraak voor ik weg kon: een bespreking op kantoor met een meneer Dupont, die zijn reismemoires wilde publiceren. De titel van zijn boek was *Pas op bij het openen van de bagagevakken*, wat ik veelbelovend vond, maar het manuscript bestond – tenminste voor zover ik kon nagaan toen ik het doorbladerde met hem tegenover me – uit de gebruikelijke jaloersmakende beschrijvingen van adembenemende berggezichten die hij had gezien en verrukkelijke lokale gerechten die hij had gegeten. Maar dat was natuurlijk niet mijn zorg. We bespraken kosten, publicatieschema enzovoort, en toen zei ik dat ik me erop verheugde zaken met hem te doen, we stonden op, gaven elkaar een hand en hij vertrok.

Peggy was nog de enige in de gezamenlijke ruimte. Ze zat met haar rug naar me toe te typen en ik wilde net even blijven staan om iets vriendelijks te zeggen, dat ze het niet te laat moest maken of zo, toen ze rustig doortikkend zei: 'Vergeet je wandelstok niet.'

Dat irriteerde me en daarom bleef ik toch maar niet staan. 'Heb ik,' zei ik, en ik liep langs haar heen naar de kapstok, waar ik hem die ochtend aan had gehangen.

'Vorige week ben je twee keer zonder naar huis gegaan,' zei ze.

'Ja. En? Je moet toch toegeven dat ik er evengoed in geslaagd ben de volgende ochtend weer binnen te komen strompelen.'

De computertoetsen achter me verstomden. Toen ik omkeek zat ze me met haar ontzettend grote, ontzettend blauwe ogen aan te kijken.

'O,' zei ze. 'Horen we te doen alsof je helemaal geen wandelstok gebruikt?'

'Nee, ik... Het is gewoon dat ik hem in wezen eigenlijk helemaal niet nodig heb,' zei ik. 'Als het moest zou ik best zonder kunnen.'

'O.'

Het zat me niet lekker dat ik haar had afgeblaft, maar ze ging alweer door met typen en daarom zei ik alleen: 'Tot morgen dan.'

'Tot morgen,' zei ze zonder opkijken.

Het was me niet ontgaan dat ik de laatste tijd erg prikkelbaar was. In de auto onderweg naar huis dacht ik daarover na. Toen Nandina ons die ochtend tijdens de vergadering tot de orde had geroepen door met haar pen tegen haar koffiebeker te tikken, had ik haar nogal afgesnauwd. 'Goeie god, Nan,' had ik gezegd, 'moet je nou echt doen alsof dit het Continentale Congres is?' Maar Nandina kon je nu eenmaal altijd met gelijke munt terugbetalen. ('Jazeker,' had ze gezegd, 'en je weet heel goed dat ik er een hekel aan heb om "Nan" genoemd te worden.') Peggy daarentegen... Die ogen van haar hadden door een kind getekend kunnen zijn, met die wimpers er als zonnestralen omheen.

Terwijl ik bij Nandina voor parkeerde dacht ik: ik word zo'n brombeer waar kinderen met Halloween niet durven aanbellen.

Nandina's auto stond op de oprit, zag ik tot mijn ergernis. Ik had gehoopt dat ze nog niet terug zou zijn van haar afspraak. Met een zucht hees ik me achter het stuur vandaan. Misschien kon ik rechtstreeks naar boven lopen, naar mijn kamer, en haar totaal ontwijken.

Maar toen ik de voordeur opende hoorde ik haar stem in de keuken. Blijkbaar was die afspraak van haar hier thuis; een reparateur misschien. En toen gaf de reparateur haar antwoord en was het Gil. Ik herkende zijn stem, ook al kon ik niet verstaan wat hij zei. Met mijn jas nog aan liep ik naar de keuken. 'Hallo?' zei ik.

Gil zat aan tafel met zijn parka over de rugleuning en de mouwen van zijn flanelhemd opgerold. Nandina stond aan het aanrecht een sinaasappel door te snijden. 'Aaron!' Ze keek om. 'Ik had je niet horen binnenkomen.'

'Hoi, Gil,' zei ik, en hij stak een hand, maatje honkbalhandschoen, op en zei: 'Hoe gaat-ie, Aaron.'

'Alles in orde met het huis?' vroeg ik. Meestal kwam hij pas later op de avond langs.

Maar hij antwoordde: 'Ja, hoor,' en voelde toen aan zijn hemdzakken. 'Ik heb die prijsopgave voor de verlichting bij me. Die moet ergens hier...'

'Ik maak iets te drinken voor Gil,' zei Nandina. 'Wil jij ook?'

'Wat zit erdoor?'

'Sinaasappelsap, een kiwi, gemberwortel, een papaja...'

'Wauw.'

'... een halve cantaloupe meloen, twee stengels selderij...'

Ze had haar sapcentrifuge op het aanrecht staan, een ingewikkeld instrument dat ik sinds een paar jaar geleden, ze ging toen met een veganist, niet meer in gebruik had gezien. Het was een heel gedoe gebleken, herinnerde ik me. Je kon het ding zogenaamd in de vaatwasser doen, maar dat was niet erg praktisch, omdat de diverse onderdelen samen het hele apparaat vulden.

Wacht eens.

Ze ging toen met een...

Ik keek van haar naar Gil, die daar rustig op zijn drankje zat te wachten. Ik keek weer naar Nandina.

Ze bloosde.

'O,' zei ik.

5

Hoe had ik al die aanwijzingen over het hoofd kunnen zien?

Al die keren dat Nandina ertussen kwam als ik met Gil zat te overleggen, bijvoorbeeld. Goed, ze was altijd al een tikje nieuwsgierig, maar dit was extreem: als Gil en ik in de woonkamer beraadslaagden had zij toevallig een boek nodig uit de boekenkast daar, en als ze er dan toch was kon ze ons net zo goed iets te drinken aanbieden; wanneer ze terugkwam met een dienblad bleef ze o zo achteloos even treuzelen zodat ze ook een steentje kon bijdragen, om even later naar een stoel te slenteren en zich er, schijnbaar zonder het zelf te merken, in te laten zakken.

En dan haar gewilligheid om voor het minste of geringste naar mijn huis te rijden: om de koelkast leeg te halen, het stucwerk te inspecteren, te zien of mijn keuze voor een vloer in karamel of wat-dan-ook wel de juiste was. Altijd overdag, heb je dat wel door? Altijd wanneer Gil er hoogstwaarschijnlijk ook zou zijn.

En dan al die vragen over zijn achtergrond. Dat was helemaal niet uit achterdocht geweest! Dat was nieuwsgierigheid naar de man zelf. Ze leek wel een meisje op de high school dat de onbenulligste bijzonderheden uitvist over de jongen op wie ze verliefd is: wanneer hij gym heeft en wat zijn vaste lokaal is. En net als zo'n highschoolmeisje liet ze geen gelegenheid voorbijgaan om zijn naam te noemen. 'Gilead,' had ze gezegd, en haar lepel was blijven steken in de steelpan.

En verder droeg ze nooit meer een duster. Ik had haar er in geen weken meer in gezien.

Maar beantwoordde Gil haar gevoelens?

Ik voelde even iets wat bijna pijn leek. Ik zou het niet verdragen als ik medelijden met haar zou moeten voelen.

Aan de andere kant: eigenlijk was het nergens voor nodig dat Gil zo vaak langskwam. Meer dan eens had ik tegen hem gezegd dat het werk zo te horen prima verliep, en dat hij alleen maar een seintje hoefde te geven als hij dingen te bespreken had. Die had hij schijnbaar voortdurend. En bij elke ontmoeting was hij spraakzamer, kwamen er irrelevantere onderwerpen op tafel; het leek steeds meer een gesprek met een vriend. En ik me maar vleien met de gedachte dat hij steeds meer op mij gesteld raakte! Toen hij laatst binnenkwam had ik gesnoven, de geur van Old Spice opgevangen en gezegd: 'Volgens mij heeft er iemand plannen voor vanavond' in de verwachting dat er een gesprekje over zijn sociale leven uit zou voortvloeien. Maar hij was alleen maar rood geworden, zodat ik me had afgevraagd of ik te ver was gegaan – te snel had aangenomen dat we meer waren dan werkgever en werknemer.

En bovendien, waarom had hij haar wel en mij niet verteld dat hij die avond veel vroeger dan anders zou komen?

Ik zei tegen geen van beiden iets rechtstreeks. Ik accepteerde een glas sap van Nandina, bleef even met hen zitten praten, hoorde Gils verslag aan van het werk van die dag. Maar ondertussen hield ik mijn ogen wijd open, en ik zag dat Nandina in de buurt bleef, ook al betrof zijn verslag verouderde bedrading die ze in de muur van mijn woonkamer hadden ontdekt – géén boeiend onderwerp, en zeker geen onderwerp dat om haar mening vroeg. Ik zag hoe hun handen elkaar toevallig raakten toen hij zijn lege glas aangaf. Hoe ze met haar hoofd verleidelijk schuin tegen de deurpost leunde toen we hem na afloop van de bespreking uitlieten.

Daarna ging ze haastig terug naar de keuken om voor het eten te zorgen, zonder ook maar een blik in mijn richting, zodat ik geen kans kreeg haar uit te horen.

Ik ging er natuurlijk niet op door. Ze was een volwassen vrouw. Ze had recht op privacy.

Alles wat ik tot dusverre over Gil wist had ertoe bijgedragen dat ik hem graag mocht. Hij leek een goed mens: eerlijk, betrouwbaar, bekwaam, vriendelijk. Hij mocht dan zijn school niet hebben afgemaakt, maar hij was duidelijk intelligent, en ik stelde me voor dat Nandina en hij wel min of meer aan elkaar gewaagd zouden zijn. Daarom had ik er niets op tegen.

Maar onwillekeurig voelde ik een zekere... weemoed toen ik hen de weken daarna gadesloeg.

Het was inmiddels april, vroeg in de lente. Hoewel het nog aan de frisse kant was stonden de narcissen in volle bloei en verscheen de eerste bloesem aan de bomen. Gil en Nandina gingen nu openlijk samen uit, wat je daten zou kunnen noemen, neem ik aan. Van de eerste date, kort na het voorval met de sapcentrifuge, stelde Nandina me met een omweg op de hoogte door aan te kondigen dat ze de volgende avond niet zou koken. Gil had haar voorgesteld een nieuwe eetgelegenheid in Hampden te proberen, zei ze. 'O, oké,' zei ik, 'dan warm ik wel wat van die rundvleesschotel op,' alsof het om dat eten ging. De volgende avond zat ik op de bank de krant te lezen, en toen Gil aanbelde liet ik Nandina opendoen. Hij kwam even de woonkamer in om 'Hallo, Aaron', te zeggen en ik keek op en zei: 'Hoe gaat-ie, Gil.' Hij zag er schaapachtig maar vastberaden uit, zijn gezicht glom nog van het scheren en zijn hemd met korte mouwen was zorgvuldig gestreken. Hoe lang kwam hij al hier in kleren die te schoon waren om er die dag in gewerkt te hebben? Al bijna zolang we met elkaar omgingen, besefte ik. Dus best mogelijk dat hij zich al die tijd al tot Nandina aangetrokken had gevoeld.

Ik was oprecht blij voor ze, dat zweer ik. En toch, toen ik me na hun vertrek omdraaide om hen door het voorraam na te kijken, was de aanblik van die twee gestalten die zij aan zij naar Gils pick-up liepen als een dolksteek in mijn hart. Ze raakten elkaar bijna, maar net niet helemaal aan; er zat hooguit vijf centimeter lege ruimte tussen hen, en op de een of andere manier kon je zien dat ze zich daar allebei terdege van bewust waren – luid en duidelijk bewust, zinderend bewust. Ik moest denken aan een moment toen ik Dorothy nog maar pas kende, toen ze had aangeboden me te laten zien waar ze werkte. Ze kwam overeind en liep naar de deur van haar spreekkamer en ik sprong op om haar te volgen en reikte langs haar heen, over haar hoofd heen, om de deur verder open te duwen. Ik vermoed dat ze daardoor in verwarring werd gebracht. Ze deed een stap achteruit. Heel even stond ze in de beschutting van mijn arm, en hoewel we elkaar beslist nergens aanraakten had ik het gevoel dat ik haar omringde met een onzichtbare laag warmte en bescherming.

Zelfs toen hield ik al van haar.

We leerden elkaar in maart 1996 kennen, tijdens *Kanker voor beginners*. Dokter Byron Worth was onze schrijver, een internist die al materiaal had geleverd voor *De bevalling voor beginners* en *De hartaanval voor beginners*. Dat waren geen bijzonder technische boeken, hoor. Ze bestonden eerder uit een collectie huiselijke tips: hoe slaap je goed tijdens de laatste stadia van de zwangerschap, welke gerechten kun je met het oog op je hart veilig bestellen in restaurants. Voor het kankerboek had dokter Worth het hoofdstuk over chemo al ingeleverd, met daarin verrukkelijk klinkende recepten voor calorierijke smoothies, maar wat radiologie betrof schoot hij tekort, zoals hij zelf toegaf. Hij zei dat we daarvoor vermoedelijk een specialist zouden moeten raadplegen. En zo kwam het dat ik een afspraak maakte met dokter Dorothy Rosales, die Charles' schoonvader had behandeld na zijn schildklieroperatie.

De witte jas die ze aanhad was zo grondig gesteven dat hij in zijn eentje overeind zou zijn blijven staan, maar haar broek zat vol kreukels en vouwen, deels doordat hij haar te lang was. Hij zat dubbel op de wreef van haar plompe schoenen en sleepte bij haar hakken over de vloer. Daardoor leek ze nog kleiner dan ze al was, en breder. Toen haar receptioniste me haar spreekkamer binnen liet stond ze bij een boekenplank. Ze raadpleegde een groot, dik boekwerk en omdat haar bril voor in de verte was bedoeld, had ze die omhooggeduwd naar haar voorhoofd, wat haar een eigenaardig vierogig voorkomen gaf waarover ik meteen toen ik haar zag moest grinniken. Maar zelfs bij die eerste blik bevielen me haar brede, bruine gezicht en haar serene uitdrukking. Ik was trots op mezelf omdat ik opmerkte dat haar onflatteuze, bot geknipte haar zoals ze dat zo mooi noemen ravenzwart was.

'Dokter Rosales?' vroeg ik.

'Ja.'

'Ik ben Aaron Woolcott. Ik heb u gebeld in verband met adviezen voor ons boekproject.'

'Ja, weet ik,' zei ze.

Dat bracht me even van mijn à propos. Ik aarzelde en stak toen mijn hand uit. 'Prettig kennis te maken,' zei ik.

Haar hand was warm en mollig maar ruw van huid. Ze schudde de mijne efficiënt, ging een stap achteruit en trok haar bril weer op zijn plek. 'Wat mankeert er aan uw arm?' vroeg ze.

Het is waar dat ik, als ik mijn arm uitsteek om iemand een hand te geven, hem vaak even met mijn goede hand onder mijn elleboog ondersteun. Maar dat valt haast nooit iemand op, althans, ik krijg haast nooit commentaar. 'O,' zei ik, 'een kinderziekte.'

'Aha,' zei ze. 'Goed, ga zitten.'

Ik nam plaats op een voorgevormde plastic stoel bij haar bureau. Er stonden er twee. Ik stelde me voor dat men bij de eerste afspraak gewoonlijk met z'n tweeën kwam: een echtpaar of een volwassen zoon of dochter met een bejaarde vader of moeder. Dit vertrek zou af en toe wel diep verontruste bezoekers krijgen. Maar dokter Rosales, die zich nu bedaard en zonder haast aan haar bureau installeerde, zou ervoor zorgen dat ze meteen gerustgesteld werden. Ze zette haar handpalmen tegen elkaar en zei: 'Het is me niet precies duidelijk wat u van me wilt.'

'Niet het eigenlijke schrijfwerk,' zei ik. 'We hebben een internist die dat voor ons doet, dokter Byron Worth.'

Ik gaf haar even tijd om te reageren voor het geval ze die naam kende. Maar ze bleef me gewoon aankijken. Haar ogen waren door en door zwart, zonder ook maar een zweem van een andere kleur. Voor het eerst kwam bij me op dat ze weleens buitenlands zou kunnen zijn; meer dan domweg een nakomeling van iemand uit Latijns-Amerika, bedoel ik.

'Dokter Worth probeert onze lezers tips te geven over zaken waar de kankerpatiënt in het dagelijks leven op stuit,' zei ik. 'Hij bespreekt emotionele kwesties, het contact tussen arts en patiënt, de praktische aspecten van diverse behandelmogelijkheden... afgezien van bestraling, want daar heeft hij geen ervaring mee. Hij opperde dat een oncologisch radioloog dat misschien met ons zou kunnen doornemen: ons zou kunnen vertellen wat de patiënt kan verwachten, zo concreet mogelijk.'

'Ik begrijp het,' zei ze.

Stilte.

'Natuurlijk zouden we u voor uw tijd betalen, en uw medewerking in het voorwoord vermelden.'

Ik overwoog er nog bij te zeggen dat een bevallingscoach die met name genoemd was in *De bevalling voor beginners*, na het verschijnen daarvan drie keer zoveel cliënten had gekregen. Maar ik wist niet zeker of artsen wel op dezelfde manier actief wierven. Zeker deze arts. Zij leek niets nodig te hebben. Ze leek in haar eentje compleet.

Ze leek fascinerend.

'Weet u wat,' zei ik. 'Het loopt tegen twaalven. Mag ik u mee uit lunchen nemen, zodat we het verder kunnen bespreken?'

'Ik heb geen honger,' zei ze.

'Eh...'

'Wat...' zei ze. 'Wilt u alleen weten hoe het verloopt? Maar dat is voor elk type tumor anders. Voor iedere patiënt zelfs anders.'

'Tja, we hoeven niet heel erg gedetailleerd te worden,' antwoordde ik. 'Niet uitzonderlijk medisch, haha.'

Ik gedroeg me als een idioot. Dokter Rosales zat me achterovergeleund gade te slaan. Ik pijnigde mijn hersens voor een paar vragen als voorbeeld, maar er schoot me niets te binnen. Eigenlijk was ik daar ook alleen maar om het te regelen. Daarna zou dokter Worth het overnemen.

Geen denken aan dat ik hem Dorothy Rosales zou laten overnemen.

'Goed,' zei ik, 'wat vindt u hiervan. Ik zet vanmiddag op schrift wat we zoal willen weten. Dan kunt u die lijst doornemen voordat u een beslissing neemt. Tijdens het avondeten misschien; ik zou u vanavond mee uit eten kunnen nemen. Tenzij... uw man thuis op u wacht?'

'Nee.'

'Vanavond in de Old Bay,' zei ik. Het kostte me moeite de vrolijkheid uit mijn stem te houden. Het was me al opgevallen dat ze geen trouwring droeg, maar dat zei vandaag de dag niet veel. 'Meteen na uw werk.'

'Ik begrijp het niet,' zei ze. 'Waarom moet hier voedsel aan te pas komen?'

'Eh... eten moet u tóch, of niet soms?'

'Dat is zo.' Ze keek opgelucht. Ik kon zien dat dit soort logica haar aansprak. 'Goed, meneer...'

'Woolcott. Aaron.'

'Waar is die Old Bay van u?'

'O, u kunt wel met mij meerijden. Dan kom ik u wel ophalen.'

'Laat maar,' zei ze. 'Ons terrein heeft een prikklok.'

'Pardon?'

'Ons parkeerterrein. We betalen per uur. Onzin om meer te dokken dan noodzakelijk.'

'O.'

Ze stond op en ik volgde haar voorbeeld. 'Ik ben hier niet voor zevenen klaar,' zei ze.

'Dat is prima! Dan reserveer ik een tafel voor halfacht. Het restaurant is hier maar een kwartier vandaan.'

'In dat geval zou kwart over zeven beter uitkomen,' zei ze.

'Prima,' zei ik. 'Kwart over zeven.'

Ik haalde een visitekaartje uit mijn portefeuille en schreef er het adres van de Old Bay op. Gewoonlijk zou ik dat op de blanco achterzijde hebben gedaan, maar nu koos ik de voorkant. Ik wilde dat ze vertrouwd raakte met mijn naam. Ik wilde dat ze me 'Aaron' ging noemen.

Maar bij het afscheid zei ze alleen maar: 'Tot straks

dan.' Ze gebruikte geen enkele vorm van mijn naam. En ze nam niet de moeite me uit te laten.

Ik kon wel merken dat ze beslist niet uit Baltimore kwam, want iedereen uit Baltimore zou de Old Bay hebben gekend. Daar gingen je ouders altijd eten. Het restaurant was ouderwets in zowel positieve als negatieve zin. (Zo was de krabsoep er precies wat hij moest zijn, maar de obers waren in de tachtig en het was er somber en mistroostig.) Ik had het om geografische redenen gekozen, omdat het niet ver van Dorothy's praktijk lag, maar ook omdat ik ergens naartoe wilde waar het niet te zakelijk was, niet te efficiënt. Ik wilde dat ze me in een ander licht ging zien, een gezelliger licht, zou je kunnen zeggen.

Goed. Dat zou zo te merken nog een hele klus worden, want ze arriveerde in haar doktersjas. Her en der in het restaurant zaten opgedofte stelletjes, de vrouwen in de zachte pasteltinten die bij het vroege voorjaar pasten, maar daar stond Dorothy naast de oberkelner met de riem van haar leren schoudertas als een bandelier over haar borst en haar handen diep in de zakken van haar gesteven witte jas.

Ik kwam overeind en stak mijn hand op. Ze kwam naar mijn tafel toe en gaf de oberkelner het nakijken. 'Hallo,' zei ze toen ze bij me was. Ze pakte de stoel tegenover de mijne beet, maar ik was haar te vlug af en schoof hem voor haar achteruit. 'Welkom!' zei ik terwijl ze ging zitten. Ik keerde terug naar mijn eigen stoel. 'Fijn... fijn dat u er bent.'

'Het is hier wel erg donker,' zei ze met een blik om

zich heen. Ze ontdeed zich van haar schoudertas en zette hem aan haar voeten. 'Verwacht u van me dat ik in dit licht lees?'

'Lees? O, nee, alleen het menu,' zei ik. Ik grinnikte, maar het klonk geforceerd. 'Ik heb dokter Worth gebeld voor een lijst van dingen die ik u zou kunnen vragen, maar hij wil liever dat u me een keer rondleidt door uw praktijkruimte. Zodat ik het proces van begin tot eind kan zien, alsof ik een patiënt ben.'

In werkelijkheid had ik hier met geen woord tegen dokter Worth over gerept, maar ik betwijfelde of hij er bezwaar tegen zou hebben als ik een deel van zijn research voor hem deed.

'Dus... we zitten alleen in dit restaurant om daar een afspraak voor te maken?'

'We moeten ook nog uw voorwaarden bespreken. Wat voor vergoeding zou u er voor willen hebben, bijvoorbeeld, en... wat wilt u drinken?'

Er stond een ober bij onze tafel, vandaar mijn vraag, maar Dorothy keek verbaasd, misschien meende ze even dat het om het volgende zakelijke besluit ging. Toen klaarde haar gezicht op en zei ze tegen de ober: 'Een cola light, graag.'

'Light!' zei ik. 'Een arts die kunstmatige zoetstoffen drinkt?'

Ze knipperde met haar ogen.

'Weet u niet wat aspartaam met het centrale zenuwstelsel doet?' vroeg ik. (Ik was zwaar beïnvloed door *Voedingsleer voor beginners*, om nog maar te zwijgen van Nandina's kruistocht tegen frisdrank.) 'Neem liever een glas wijn. Rode wijn, goed voor uw hart.'

'Nou... goed dan.'

Ik nam de wijnkaart aan van de ober en koos een malbec uit, twee glazen. Toen hij weg was zei Dorothy: 'Ik drink niet zo vaak alcohol.'

'Maar u bent vast wel bekend met de voordelen van het mediterrane dieet.'

'Ja,' zei ze. Ze kneep haar ogen een stukje dicht.

'En ik weet zeker dat u van olijfolie hebt gehoord.'

'Hoor eens,' zei ze. 'Gaat u me nog over uw symptomen vertellen?'

'Wat?'

'Ik ben hier om een boekproject te bespreken, ja? Ik heb geen zin om een sproetje te bekijken dat weleens kanker zou kunnen zijn.'

'Wát te bekijken? Wat voor sproetje?'

'Of om te horen over die keer toen u dacht dat uw hart een slag oversloeg.'

'Bent u krankzinnig?' vroeg ik.

Ze kreeg iets onzekers.

'Met mijn hart is niks mis!' zei ik. 'Waar hebt u het over?'

'Sorry.'

Ze sloeg haar ogen neer. Schoof haar lepel een stukje naar rechts. Zei toen: 'Ik maak geregeld mee dat mensen buiten mijn werk me om gratis advies vragen. Zelfs als ze alleen maar naast me zitten in het vliegtuig, vragen ze daarom.'

'Heb ík iets gevraagd? Hebt u mij iets horen vragen?'

'Nee, maar ik dacht...'

'U schijnt aan een ernstige misvatting te lijden,' zei ik. 'Als ik advies nodig heb maak ik wel een afspraak bij mijn huisarts. Die trouwens uitstekend is en bovendien mijn hele medische voorgeschiedenis kent, niet dat ik ooit ook maar de geringste reden heb om een beroep op hem te doen.'

'Ik heb al gezegd dat het me spijt.'

Ze nam haar bril af en poetste hem op aan haar servet, nog steeds met haar ogen neergeslagen. Ze had dikke maar heel korte, borstelige wimpers. Haar mond was samengeklemd tot een dunne, ongelukkige lijn.

'Hé, Dorothy,' zei ik, 'zullen we nog eens opnieuw beginnen?'

Even gebeurde er niets. Ik zag haar mondhoeken trekken, en toen keek ze me aan en glimlachte.

Als ik nu terugdenk aan die eerste dagen van onze verkering word ik droevig. We wisten nergens van. Dorothy wist eerst niet eens dat het verkering wás, en ik had wel iets van een uit zijn krachten gegroeide puppy, zo stel ik me mezelf tenminste van deze afstand voor. Ik dartelde opgewonden en met de tong uit de bek om haar heen, alles om haar te imponeren, terwijl zij nog een tijd onverstoorbaar bleef en niets doorhad.

In die fase van mijn leven had ik al de nodige verliefdheden achter de rug. De highschoolmeisjes die zo beducht waren om zelf raar te lijken dat ze het zich niet konden permitteren met mij samen gezien te worden, had ik achter me gelaten, en tijdens mijn studie werd ik een soort privéproject voor de eerzuchtige maatschappelijk werkers die alle jonge studentes schenen te zijn. Ze associeerden mijn wandelstok met, weet ik veel, oude oorlogsverwondingen of zo. Ze zagen de voortijdi-

ge zweempjes wit in mijn haar als een aanwijzing van ge-
heimzinnig vroeger leed. Het zal je niet verbazen dat ik
allergisch was voor dat gezichtspunt, maar meestal
duurde het even voor ik doorkreeg dat ze dat hadden.
(Of liet ik dat even duren.) Ik gaf me domweg over aan
wat in mijn ogen ware liefde was. Maar zodra ik merkte
hoe de vlag erbij hing haakte ik af. Of zij haakten af, dat
kwam ook weleens voor, als ze alle hoop om mij te redden hadden laten varen. De eerste anderhalf jaar na
mijn studie was ik min of meer op mezelf gebleven en
had ik de diverse bekoorlijke jonge vrouwen die mijn familie schijnbaar voortdurend op mijn pad wist te brengen, zorgvuldig ontweken.

Daarom begrijp je vast wel waarom ik Dorothy zo aantrekkelijk vond – Dorothy, die niet eens het mediterrane dieet met me wilde bespreken.

Een paar dagen later ging ik naar haar praktijk voor
een rondleiding langs de behandelruimten en stelde vragen: wat als een patiënt een tumor zus had, en wat bij iemand met een tumor zo. Ik ging nog eens terug met een
lijst vervolgvragen die dokter Worth me zogenaamd
had gedicteerd. En daarna moest ik haar natuurlijk mijn
eerste versie van de tekst laten zien tijdens een volgend
etentje, nu in een zaak met betere verlichting.

Toen een belangrijke stap verder: ik stelde voor om de
volgende avond samen naar een film te gaan. Een uit-
stapje zonder nuttig doel. Daar had ze even moeite mee.
Ik zag hoe ze zich inspande om die geestelijke omschakeling te maken: me van 'zakelijk' naar 'ontspanning' te
verplaatsen. 'Ik weet niet,' zei ze, en toen: 'Aan welke
film dacht je?'

'Een die jij graag wilt zien,' antwoordde ik. 'Jij mag kiezen.'

'Nou, goed dan,' zei ze. 'Ik heb toch niks beters te doen.'

We gingen naar de film – een documentaire, als ik het wel heb – en een paar dagen later naar een andere, en daarna weer een paar keer uit eten. We praatten over haar werk, over mijn werk, het nieuws op de televisie en de boeken die we aan het lezen waren. (Ze las serieus en pragmatisch; altijd iets wetenschappelijks, als het al niet specifiek over radiologie ging.) We wisselden de gebruikelijke jeugdverhalen uit. Ze was in geen jaren terug geweest om haar familie op te zoeken, zei ze. Ze leek het grappig te vinden dat het appartement waar ik woonde maar een paar straten bij mijn ouders vandaan was.

Bij die eerste film pakte ik haar bij haar elleboog om haar in haar stoel te helpen, en tijdens de tweede zat ik met mijn schouder tegen de hare. Als ik me onder het eten over de tafel boog om mijn woorden kracht bij te zetten legde ik mijn hand over die van haar, en na een poosje omhelsde ik haar even als we aan het eind van de avond afscheid namen – maar niet steviger dan ik bij een willekeurige vriendin zou doen. Ja, reken maar dat ik het behoedzaam aanpakte. Ik kreeg niet goed hoogte van haar; ik kon niet doorgronden wat ze voelde. En ik wist nu al dat dit te belangrijk voor me was om een misstap te riskeren.

In april nam ik een exemplaar van *Inkomstenbelasting voor beginners* voor haar mee, dat niet echt over belasting ging, maar over het overzichtelijk bewaren van reçu's en zo. Ze was hopeloos ongeorganiseerd, beweerde ze, en als om dat te bewijzen liet ze het in het restaurant liggen. Ik piekerde erover wat dat wilde zeggen. Ik had het gevoel dat ze míj vergeten was – uit het oog, uit het hart, leek ze te zeggen – en het maakte het er niet beter op dat ze, toen ik aanbood meteen om te keren om het te halen, zei: laat maar; ze zou straks het restaurant wel bellen.

Gaf ze ook maar iets om me?

Toen vroeg ze waarom ik geen gehandicaptennummerbord had. We liepen op dat moment naar mijn auto, we kwamen van het Everyman Theatre. 'Omdat ik geen gehandicaptennummerbord nodig heb,' zei ik.

'Straks ruïneer je je rug, met de afstanden die jij loopt met dat manke been van je. Het verbaast me dat dat nog niet is gebeurd.'

Ik zei niets.

'Wil je dat ik een formulier invul voor de mensen van Motorvoertuigen?'

'Nee, dank je.'

'Of misschien heb je liever zo'n losse vergunning. Dan kunnen we die als ik rijd in mijn auto leggen.'

'Ik heb toch al nee gezegd,' zei ik.

Ze zei niets meer. We stapten in en ik bracht haar naar huis. Ik wist inmiddels waar ze woonde – in een souterrain in de buurt van het oude stadion – maar was nog nooit binnen geweest, en ik had het plan gekoesterd die avond voor te stellen dat ik mee naar binnen zou gaan. Maar dat deed ik niet. Ik zei: 'Nou, tot ziens dan maar,' en reikte voor haar langs om de deur te openen.

Ze keek me even aan, zei: 'Dank je wel, Aaron,' en stapte uit. Ik wachtte tot ze veilig binnen was voor ik wegreed. Eerlijk gezegd voelde ik me nogal terneergeslagen. Ik bedoel niet dat ik niet meer verliefd op haar was of zo, maar zomaar ineens was ik volkomen futloos. Doodmoe. Afgepeigerd.

Doorgaand op het thema 'laat eens zien hoe je woont' had ik bedacht dat ik haar daarna bij mij thuis te eten zou vragen. Ik was van plan mijn beroemde spaghetti met gehaktballetjes voor haar klaar te maken. Maar nu stelde ik dat een paar dagen uit, veel te veel gedoe. Al was het maar omdat ik op dat speciale mengsel van verschillende soorten gehakt uit zou moeten. Kalfsgehakt en zo. Varkensgehakt. Dat vertrouwde ik een gewone supermarkt niet toe; ik zou ervoor naar de slager moeten. Het leek buitensporige moeite voor een gerecht dat als puntje bij paaltje kwam eigenlijk niet zo bijzonder was.

Ik liet het er even bij. Ik hield mezelf voor dat ik wat ruimte nodig had. Goeie genade, we waren de afgelopen twee weken zes avonden uit geweest, één keer twee avonden na elkaar.

Ze belde die woensdag. (We hadden elkaar zaterdag voor het laatst gezien.) Omdat ze mijn nummer niet had belde ze de uitgeverij, en Peggy stak haar hoofd bij mij om de deur en zei: 'Dokter Rosales? Op lijn twee?'

Ze had gewoon kunnen doorverbinden, maar vroeg zich kennelijk af waarvoor een dokter mij zou moeten hebben. Ik vertikte het om haar nieuwsgierigheid te bevredigen. 'Dank je', was het enige wat ik zei, en ik wachtte met opnemen tot ze weg was.

'Hallo,' zei ik.

'Hoi, Aaron, met Dorothy.'

'Hallo, Dorothy.'

'Ik heb al een poosje niks van je gehoord.'

Dat was zo onomwonden dat ik me niet op mijn gemak voelde. Ik was deels overrompeld en deels, moet ik toegeven, vol bewondering. Als dat niet typisch Dorothy was!

'Ik heb het nogal druk,' zei ik.

'O.'

'Een berg achterstallig werk.'

'Goed, ik wilde vragen of je zin hebt om bij me te komen eten.'

'Eten?'

'Dan kook ik.'

'O!'

Ik weet niet waarom dat me zo overviel. Op de een of andere manier kon ik me Dorothy gewoon niet aan het fornuis voorstellen. Maar toen ik het toch probeerde zag ik haar handen voor me, heel glad op de rug, ondanks haar ruwe vingers, en goudbruin en mollig. Er sloeg een golf van verlangen door me heen. 'Ik kom heel graag bij je eten,' zei ik.

'Goed. Zullen we zeggen om acht uur?'

'Vanavond?'

'Acht uur vanavond.'

'Ik zal er zijn,' zei ik.

Later – veel later, toen we plannen maakten voor onze bruiloft – vertelde ze me wat er allemaal aan die uitnodiging voor het eten vooraf was gegaan. Ze begon met de reden ervoor: hoe het in de vier dagen dat ze niets van me hoorde tot haar was doorgedrongen wat een extreem stil en eenzaam bestaan ze leidde. 'Ik zag in dat ik geen goede vrienden had, geen gezinsleven, en op mijn werk klaagden ze altijd over mijn onvermogen tot "interactie", wat dat ook mag zijn...' Ze beschreef hoe ze voor mijn komst haar appartement heringericht had: koortsachtig de meubels alle kanten op had geschoven, boeken, paperassen en rondslingerende kleren in kasten en laden had geprop, waar ze maar in pasten, en hoe ze zich de hersens had afgepijnigd voor het menu. 'Alle mannen houden van steak, toch? Dus belde ik de afdeling naslagwerken van de Pratt Library om erachter te komen hoe ik een steak moest klaarmaken. Grillen of braden, stelden ze voor, maar ik heb geen grill en met dat braden wist ik ook niet goed raad, dus toen zeiden ze: oké, bak hem maar in de koekenpan... En dan de erwtjes, nou, dat was geen probleem, een pak erwtjes klaarmaken kan iedereen...'

Maar maakte ze zich ook zo druk om de vraag waarover we zouden praten?

Nee, vast niet. Dat was vast niet meer dan toeval. Tenslotte was ik degene die het balletje aan het rollen bracht, toen ik een opmerking maakte over de afmetingen van haar appartement. 'Het is hier gigantisch,' zei ik toen ik binnenkwam. Het was er sjofel maar heel ruim, met zelfs een eetkamer die aan de woonkamer grensde. 'Hoeveel slaapkamers heb je?'

'Drie.'

'Drie! Voor jou alleen!'

'Nou, ik had eerst wel een huisgenoot, maar die is verhuisd.'

'Ah.'

Ik ging zitten waar ze wees, op het uiteinde van een rammelende metalen slaapbank met een Indiase sprei erover. Op de lage tafel had ze al wijnglazen en een fles wijn klaarstaan (malbec, zag ik), en ze gaf mij de fles en een kurkentrekker aan. Toen kwam ze naast me zitten. Zo dichtbij kon ik haar parfum ruiken, of haar shampoo of zo. Ze droeg een zwart tricot shirt met een boothals dat ik nog nooit had gezien, op haar gebruikelijke zwarte broek. Ik vroeg me af of dit haar idee was van 'zich mooi maken'.

Kennelijk was ze met haar gedachten nog bij haar huisgenoot. 'Hij ging weg omdat ik niet... doktersachtig genoeg was.'

'Doktersachtig.'

'Hij zei bijvoorbeeld een keer: "Alles wat ik eet smaakt te zout. Hoe zou dat komen, denk je?" "Ik heb geen idee," zei ik. "Nee, serieus, hoe komt dat?" vroeg hij. "Misschien ís het gewoon te zout," zei ik. "Maar andere mensen vinden van niet," zei hij. "Zou het ergens een symptoom van kunnen zijn?" "Nou, van uitdroging misschien. Of een hersentumor," zei ik. "Een hersentumor!" riep hij. "Goeie god!"'

Het duurde even voor ik 'm doorhad. Ze zweeg en keek me afwachtend aan, en ik zei: 'Wat een idioot.'

'Soms moest ik een opgezwollen klier betasten,' zei ze na even stilte, 'of hij vroeg zich af wat die rugpijn betekende, doodnormale rugpijn die hij kreeg als hij iets zwaars had getild, of hij wilde dat ik een recept uitschreef voor zijn migraine.'

'Dat is toch belachelijk!' zei ik. 'Hij was je huisgenoot, niet je patiënt.'

Weer een stilte, en toen: 'Eigenlijk was hij meer een... We waren meer een stel, eigenlijk.'

Dat had niet zo'n schok voor me horen te zijn. Ze was een vrouw van in de dertig; als er nooit een man in haar leven was geweest zou je je afvragen wat er aan haar mankeerde. Maar toch, waarom weet ik niet, had ik me gevleid met de gedachte dat ik de allereerste was die haar ten volle waardeerde. Ik vroeg: 'Serieus een stel?'

Ze volgde haar eigen gedachtegang: 'Ik zie nu wel in dat hij me waarschijnlijk niet... zorgzaam genoeg vond.'

'Belachelijk,' zei ik weer.

'Dus ik zei tegen mezelf: "Uit die ervaring moet ik lering trekken."'

Ze keek nog steeds zo afwachtend.

Deze keer begreep ik het.

'O,' zei ik.

'Ik zou niet graag willen dat een ander dacht dat ik niet... bezorgd was.'

'O, lieverd,' zei ik. 'Lieve schat. Ik zou je nooit vragen bezorgd om mij te zijn.'

En ik nam haar gezicht tussen mijn handen en boog me naar voren om haar te kussen, en zij beantwoordde mijn kus.

Ik kon merken dat de mensen Dorothy een onverwachte keuze vonden.

Mijn vader noemde haar 'interessant' – het woord dat hij ook gebruikte wanneer hij een van mijn moeders meer experimentele ovenschotels voorgezet kreeg.

Mijn moeder vroeg hoe oud ze was.

'Ik heb geen flauw idee,' zei ik.

(In feite was Dorothy tweeëndertig. Ik was vierentwintig en een half.)

'Het is alleen,' zei mijn moeder, 'dat ik dacht dat Danika Jones meer van jouw leeftijd zou zijn geweest.'

'Wie?'

'Danika van je werk, Aaron. Hoezo: "Wie?"'

Danika was onze ontwerper, de voorganger van Irene. Haar in dienst nemen was het laatste wat mijn vader had gedaan voor hij de zaak overdroeg, en ik meende ineens te begrijpen waarom. 'Danika!' zei ik. 'Die lakt haar teennagels!'

'Wat is daar mis mee?' vroeg mijn moeder.

'Ik voel me nooit op mijn gemak bij vrouwen die hun teennagels lakken. Dan vraag ik me altijd af wat ze verbergen.'

'O, Aaron,' zei mijn moeder bedroefd, 'wanneer ga je eindelijk eens inzien hoe aantrekkelijk je bent? Je zou elk meisje kunnen krijgen dat je maar wilde; ooit zul je dat beseffen.'

Mijn zus zei dat Dorothy wel oké was, dacht ze, als je geen bezwaar had tegen een vrouw met de sociale vaardigheden van een pandabeer. Daar moest ik alleen maar om lachen. Dorothy had inderdaad wel iets van een pandabeer. Ze had ook dat ronde, dat compacte, dezelfde stoere houding.

Ik was de enige die wist dat ze onder die hoekige kleren de vorm had van een kleine aardewerken urn. Op haar olijfbruine huid lag een warme glans en ze bezat een soort kalmte, een kalmte die van binnenuit kwam, waardoor ik maar bij haar hoefde te zijn om tot rust te komen.

We trouwden in de kerk van mijn ouders, maar gewoon in het privékantoortje van de predikant, met mijn ouders en zus als getuigen. Tot mijn verbazing had Dorothy gezegd dat ze het best vond als ik iets chiquers wilde, maar dat was natuurlijk niet zo. Hoe simpeler, hoe beter, vond ik. Simpel en ongecompliceerd. En vanwege Dorothy's werkrooster gingen we niet op huwelijksreis. We zetten gewoon ons dagelijks leven voort.

Het was begin juli toen we trouwden. We kenden elkaar vier maanden.

Mijn neef Roger zei ooit tegen me, aan de vooravond van zijn derde huwelijk, dat hij getrouwd zijn verslavend vond. Toen verbeterde hij zichzelf. 'Pasgetrouwd zijn, bedoel ik. De allereerste tijd van het huwelijk. Dat lijkt een totaal nieuw begin. Je bent samen gloednieuw; je hebt nog geen fouten gemaakt. Je hebt een nieuwe plek om te wonen en nieuw serviesgoed en een nieuwe, nou, identiteit, zeg maar, die "wij" die opeens overal samen worden uitgenodigd. En soms heeft je vrouw zelfs een gloednieuwe naam.'

Dorothy had haar oude naam gehouden en we woonden tijdelijk samen in mijn oude appartement, maar in alle andere opzichten had hij gelijk. Alles wat we in ons nieuwe leven samen deden, deden we voor het eerst, alsof we herboren waren. Vooral in het weekend, als we niet hoefden te werken, had ik bijna het gevoel dat ik glom, dat ik nog nat achter de oren was, als we aan de dag begonnen. We ontbeten samen, gingen samen naar de supermarkt, we overlegden of we het ons konden permitteren samen een huis te kopen. Was ik dit echt? Manke, maffe Aaron, een levensechte echtgenoot?

En als ik al versteld stond van mezelf, dan stond ik nog meer versteld van Dorothy. Dat ze erin toestemde eropuit te gaan voor zoiets prozaïsch als een stofzuiger, bijvoorbeeld – dat ze zich verwaardigde de voordelen te overwegen van sledemodel boven steelmodel – kwam als een openbaring. Net als het feit dat ze zo nadrukkelijk de woorden 'mijn man' gebruikte als ze met vreemden praatte. 'Mijn man vindt dat we een stofzuiger met een HEPA-filter moeten nemen.' Daar kon ik me echt in verkneukelen.

Verder bleek ze een knuffeltype. Wie zou dat nu hebben gedacht? Ze bleef de hele nacht in de kromming van mijn lichaam genesteld, ook al zou je verwachten dat ze eerder zo'n bruusk type was als de seks erop zat. In mensenmassa's bleef ze dicht bij me en pakte ze vaak steels mijn hand vast als ik met iemand stond te praten. Dan voelde ik die ruwe, mollige vingers stilletjes tussen de mijne glippen en moest ik me bedwingen om niet te glimlachen.

Ik zeg niet dat we onderweg niet een paar hobbeltjes tegenkwamen. Elk stel moet zich hier en daar aanpassen, zo is het toch? Zeker als je allebei gewend bent op jezelf te wonen. Natuurlijk kregen we ruimschoots onze portie misverstanden, onbegrip en verkeerde timing. En stelden we elkaar maar al te vaak teleur.

Zo was het nog niet in zijn volle omvang tot me doorgedrongen dat Dorothy totaal niet geïnteresseerd was in eten. Totaal niet. Niet alleen kookte ze vrijwel nooit, wat mij best was, ze bracht ook geen enkele waardering op voor wat ík kookte, en dat was verre van best. Dan kwam ze aan tafel met een stapel post die ze tussen de happen door openmaakte en las. 'Hoe vind je de vis?' vroeg ik dan, waarop zij zei: 'Hmm? O. Lekker,' zonder op te kijken van de brief die ze zat te lezen.

En het ontbrak haar aan voldoende respect voor materiële voorwerpen. Ze verdiepte zich nooit in hun vaste plaats, hun onderhoud en verzorging. Ze... hoe moet ik het uitdrukken? Ze hechtte niet genoeg waarde aan dingen.

Als ze bijvoorbeeld genoeg waarde aan mij had gehecht, zou ze dan niet meer aandacht aan haar uiterlijk hebben besteed? Aanvankelijk had haar gebrek aan ijdelheid me weliswaar gecharmeerd, maar zo af en toe bekroop me de gedachte dat ze er bijna, nou, lelijk uitzag, en dat die lelijkheid doelbewust leek. Naarmate de maanden verstreken merkte ik dat ik steeds meer oog kreeg voor haar plompe kleding, haar agressief zware manier van lopen, haar neiging een dag te lang te wachten voor ze haar haar waste.

En van haar kant leek Dorothy mij onredelijk prikkelbaar te vinden. Vaak zei ze: 'Je zult wel weer op je teentjes getrapt zijn, maar...' en dan kwam er iets onbenulligs als een aanbod om het stuur over te nemen tijdens een lange autorit. Dan zei ik: 'Hoe kom je erbij, Dorothy? Waarom zou ik op mijn teentjes getrapt zijn?' Maar onbedoeld vroeg ik dat op een op-mijn-teentjes-getrapte toon, omdat het me ergerde als ze me zo met fluwelen handschoentjes aanpakte. Dus kreeg ze in feite gelijk. Dat zag ik aan haar uitdrukking, al keek ze er wel voor uit dat hardop te zeggen. En ik zag haar haar mond houden en dat ergerde me dan nog des te meer.

Ik krijg het te kwaad als ik nu aan zulke dingen terugdenk.

Ik had het gevoel dat ze iets van me verwachtte wat ze niet rechtstreeks wilde zeggen. Soms betrok haar gezicht zomaar zonder reden, en als ik dan vroeg: 'Wat? Wat is er?' zei ze dat er niets was. Dan voelde ik dat ik haar teleurgesteld had, maar had ik geen flauw idee hoe.

Een keer had ze een congres in L.A., maar ze zei dat ze overwoog niet te gaan. Ze vond het niet prettig om mij zo lang aan mijn lot over te laten, zei ze. (We waren nog maar kort getrouwd.) 'Voor mij hoef je het niet te laten,' zei ik, waarop zij zei: 'Misschien kun je wel mee. Zou je dat leuk vinden? Ze hebben overdag altijd bustochten met een gids en zo voor de echtgenoten.'

'Geweldig,' zei ik. 'Dan neem ik mijn breiwerk ook mee.'

'Hè, waarom doe je nou zo? Ik bedoelde alleen...'

'Dorothy. Het was maar een grapje,' zei ik. 'Zit nou maar niet over mij in. Ik ben tenslotte niet van jou afhankelijk voor mijn natje en mijn droogje.'

Dat bedoelde ik als de vaststelling van een feit. Niet als beschuldiging; wie kon daar nu een beschuldiging in zien? Nou, Dorothy wel. Dat zag ik aan haar gezicht. Ze zei verder niets en haar uitdrukking kreeg iets geslotens.

Ik probeerde het glad te strijken. 'Maar bedankt voor je bezorgdheid,' zei ik. Het haalde niets uit. Ze bleef de rest van de avond stil, en de volgende dag vertrok ze naar haar congres en ik miste haar haast zoals ik een orgaan uit mijn lichaam zou missen, en volgens mij miste ze mij ook, want ze belde een paar keer per dag vanuit Los Angeles en dan zei ze: 'Wat ben je aan het doen?' en: 'O, wat wou ik graag dat je ook hier was.' Dat wilde ik ook, dat ik daar was, en ik kon nauwelijks geloven dat ik die kans om bij haar te zijn had laten schieten. Ik nam me van alles voor: dat ik voortaan makkelijker in de omgang zou zijn, me niet zo snel zou ergeren, maar toen kwam ze thuis en het eerste wat ze deed was kwaad worden omdat ik een doorntje in mijn wijsvinger had. Serieus. Terwijl ze weg was had ik de berberisstruik gesnoeid die over de balustrade van ons achterbalkon stak en die berberisdoorntjes zijn immers zo microscopisch klein en zo lastig eruit te krijgen. Ik nam aan dat het er wel gewoon vanzelf uit zou komen, maar zover was het nog niet en mijn vinger werd al dik en rood. 'Wat ís dat?' vroeg ze. 'Dat is ontstoken!'

'Ja, dat denk ik ook,' zei ik.

'Wat mankeert jou toch?'

'Mij mankeert niks,' zei ik. 'Ik heb een doorntje in mijn vinger, oké? Vroeg of laat zie ik dat zwarte spikkeltje wel omhoogkomen en dan trek ik het eruit. Iets op tegen?'

'Waarmee trek je het er dan uit?' vroeg ze.

'Met een pincet natuurlijk.'

'Met welke hánd ga je dat doen, Aaron? Het zit in je linkerwijsvinger. Hoe wou jij met je rechterhand een pincet gebruiken?'

'Dat kan ik best,' zei ik.

'Niet waar. Je had iemand om hulp moeten vragen. Maar nee hoor, jij bent er gewoon mee door blijven lopen... een week lang, tot ik thuiskwam, zodat ik zou moeten zeggen: "O nee toch, het spijt me zo, ik had je nooit alleen mogen laten met zoiets!" En dan zouden alle andere mensen, jouw hele familie en iedereen op je werk, zeggen: "Moet je zien: ze was er niet eens om die doorn eruit te halen en nu heeft hij een afschuwelijke ontsteking en moet die vinger er misschien wel af, dat hou je toch niet voor mogelijk?'"

'Eraf!' zei ik. 'Ben je gék?'

Maar zij pakte alleen het luciferdoosje van boven het fornuis en ging op zoek naar een naald, en toen ze terugkwam boog ze zich over mijn vinger, haar mondhoeken afkeurend omlaag, mijn hand stevig vastgeklemd in de hare, ze gaf één prikje in de huid en het doorntje schoot als een pijl uit de boog naar buiten.

'Zo,' zei ze kordaat, waarna ze het wondje bette met ontsmettingsmiddel.

Toen boog ze haar hoofd voorover en drukte haar wang tegen de rug van mijn hand, en haar huid voelde zo zacht als bloemblaadjes.

Goed, we overleefden die kleine haperingen. We moffelden ze weg, we gingen verder met ons leven. We hadden weliswaar niet meer die glans van het allereerste begin, maar die houdt geen mens toch eeuwig vast? Waar het om ging was dat we van elkaar hielden. Om mezelf daaraan te herinneren hoefde ik alleen maar terug te denken aan onze eerste ontmoeting. Aan het moment waarop ik, eenzaam, ongebonden, nietsvermoedend, achter de receptioniste aan door de gang van het Radiology Center loop. De receptioniste blijft staan en klopt op een halfopen deur. Dan duwt ze hem verder open, ik ga naar binnen en Dorothy kijkt op uit haar boek. Ons verhaal begint.

Ik kwam van Nandina's bank overeind en keek rond naar mijn wandelstok, die ik ten slotte in een hoek zag staan. Ik liep door de voordeur naar buiten; ik deed hem achter me op slot; ik volgde het trottoir.

Linksaf Clifton Lane op, op Summit weer links tot Wyndhurst. Dan een heel eind in zuidelijke richting langs Woodlawn tot ik bij Rumor Road kwam. Mijn straat, niet meer dan een paar honderd meter lang en omzoomd door bloeiende perenbomen. Het schemerde inmiddels, maar ik hoorde nog vogels zingen. Eén vogel riep: 'Súzy! Súzy!' en insecten zoefden alle kanten op en produceerden zo dat achtergrondgeroezemoes dat je eigenlijk nooit hoort tot je er echt op let.

Ik kreeg pijn linksonder in mijn rug, maar dat gebeurde altijd als ik een stukje liep en ik besteedde er geen aandacht aan. Ik ging juist sneller lopen, omdat ik wist dat ik na die flauwe bocht daarginds mijn eerste blik op ons huis zou kunnen werpen. Die bocht werd gemarkeerd door één boom van een andere soort dan de rest; ik wist niet hoe hij heette. Deze droeg grote, donkerroze, slappe bloemen en hij bloeide dit jaar zo weelderig dat ik diep inademde toen ik hem naderde, omdat ik een sterke geur verwachtte. Maar die kwam niet. Het enige wat ik rook... wel, dat had iets van isopropylalcohol, een heel vaag, heel teer vleugje alcohol, meegevoerd door het briesje en vermengd met gewone Ivory-zeep. Precies de geur van mijn vrouw.

Toen liep ik de bocht om en zag haar op het trottoir staan.

Ze stond een meter of drie van me vandaan naar het huis te turen, maar toen ze mijn voetstappen hoorde keek ze mijn kant op. Ze droeg haar wijde zwarte broek met een grijs shirt. Allebei kleuren die versmolten met het afnemende licht, en tegelijkertijd was zij zelf volkomen concreet – even concreet als jij of ik, op een vreemde manier eigenlijk haast nog meer: concreet en sterk en ondoorzichtig. Ik was dat opstandige plukje zwart haar vergeten dat boven op haar hoofd overeind stak. Ik was vergeten dat ze altijd een tikje naar achteren geleund stond, als een eend, op haar hakken.

Terwijl ik dichterbij kwam sloeg ze me aandachtig gade met haar kin iets omhoog en haar ogen vast op de mijne gericht. Ik liep door tot ik vlak voor haar stond. Ik ademde diep in. Ik dacht dat ik nooit van mijn leven iets heerlijkers zou ruiken dan die combinatie van isopropylalcohol met gewone zeep.

'Dorothy,' zei ik.

Ik weet niet zeker of ik hardop praatte. Ik heb zo'n idee dat ik het misschien alleen maar dacht, ergens heel diep vanbinnen.

'Dorothy, mijn lief,' zei ik. 'Mijn enige, enige Dorothy.'

'Hallo Aaron,' zei ze.

Ze nam me even op, en toen draaide ze zich om en liep weg. Maar ik had niet het gevoel dat ze me in de steek liet. Hoe weet ik niet, maar ik wist dat ze zo lang was gebleven als ze op dat moment kon. Daarom bleef ik haar staan nakijken zonder te proberen haar te volgen. Ik keek haar na tot ze bij een zijstraat kwam, rechtsaf Hawthorn in liep en verdween.

Toen keerde ik om en ging op de terugweg naar Nandina. Op ons huis had ik zelfs geen blik geworpen. Wat kon dat huis me schelen? Ik liep min of meer in trance, zo gelijkmatig mogelijk, alsof Dorothy een vloeistof was geweest en ik nu tot de rand toe vol met haar zat, zodat ik langzaam en voorzichtig moest lopen om geen druppel te morsen.

6

Ik wachtte. En wachtte.

Dagen achtereen bleef ik gespannen wachten of ze terugkwam.

Omdat ze in onze straat was verschenen leek de kans me het grootst dat ze een volgende keer weer daar zou verschijnen. Ik sloeg me zelfs voor mijn kop dat ik er niet eerder naartoe was gegaan. Had ze al die maanden door Rumor Road gezworven en zich afgevraagd waar ik was? Ik kon de gedachte aan al die gemiste kansen nauwelijks verdragen.

Het bleek dat ons kleine huis overdag net Grand Central Station was. Werklieden kwamen en gingen; elektrische apparaten bromden en hamers bonkten. In die drukte viel ik eerst niet op; niemand wist wie ik was. Toen ik door de hordeur naar mijn nieuwe butterscotch-vloer keek vroeg een man met een bandana om zijn hoofd of ik daar iets te zoeken had. Maar zodra ik had verteld wie ik was kreeg ik alle aandacht. Wilde ik een rondleiding? Wilde ik de serre soms zien? Gil was er op dat moment niet, maar het was duidelijk dat die mannen mijn verhaal kenden. Ze praatten tegen me op de eerbiedige toon van begrafenisgasten. Ze gaven me het gevoel dat ik bejaard was, hoewel we allemaal ongeveer even oud waren.

Ik zat eigenlijk niet op een rondleiding door het huis te wachten, maar vond dat ik geen nee kon zeggen. (In mijn achterhoofd zat nog die opmerking van Nandina, dat werklieden graag willen merken dat hun werk gewaardeerd wordt.) En toen we eenmaal bezig waren was het minder erg dan ik had gevreesd. De man met de bandana ging voorop en de anderen, een stuk of vijf, zes, staakten hun bezigheden en kwamen achter ons aan. Eerst waren ze opvallend stil en luisterden ze terwijl de man met de bandana vertelde wat we te zien kregen. 'Heel mooi,' mompelde ik, en: 'Mmhmm. Ik snap het.' Toen gingen ze langzaam maar zeker meedoen, ze praatten door elkaar heen en vertelden dat het zo'n heidens karwei was geweest om iets passends voor dat specifieke lijstwerk te vinden, dat ze die deklijst er drie keer uit hadden moeten slopen voor hij goed zat. 'Jullie doen geweldig werk,' zei ik, waarop zij iets deden van 'neuh, valt best mee', hun handen in hun kontzakken schoven en naar hun schoenen tuurden.

Ik schaamde me dat ik er zo lang mee had gewacht. Nu leek mijn weigering om te komen kijken iets nukkigs te hebben, als een kind dat zijn fiets een schop geeft omdat die hem heeft laten vallen. Wat er was gebeurd, daar kon het húís niets aan doen. En bovendien hadden die mannen zoveel gesloopt dat het niet eens meer dezelfde woning leek. Zelfs mijn slaapkamer, die ze niet hadden aangeraakt, was onherkenbaar, zo volgestouwd met een allegaartje aan in wit canvas gehulde meubelen.

Ik schaamde me nog dieper toen Gil kwam binnenlopen. Hij leek zo verrast me te zien, en zo blij; hij bloosde zelfs, en toen stond hij erop me nog eens rond te leiden en alles te laten zien wat ik net al had bekeken.

Alles bij elkaar dus een goed bezoek. Maar het maakte me wel duidelijk dat het, als ik hoopte weer een blik van Dorothy op te vangen, geen zin had er tijdens werkuren naartoe te gaan.

Daarom maakte ik er een gewoonte van 's avonds langs te gaan, of op zondagochtend heel vroeg, als er buiten nog geen buren rondliepen. Dan parkeerde ik om halfzeven of zeven uur 's ochtends voor het huis en bleef daar een poosje door de voorruit zitten staren naar de plaats waar ik Dorothy had gezien. Dan beleefde ik elk detail van die ontmoeting opnieuw, zoals je doet met een droom waarin je weer wilt wegzakken. Haar hoekige grijze shirt, haar zwarte broek, die iets opgestoken kin terwijl ze toekeek hoe ik dichterbij kwam, haar vaste blik. Mijn ogen deden zo hun best om haar op te roepen dat ze haar zo ongeveer boetseerden, maar evengoed kwam ze niet opdagen.

Daarna kwam ik uit mijn auto en liep naar het huis. Wel heel langzaam, voor als ze me soms ergens onderweg wilde onderscheppen. Om de paar stappen bleef ik even staan en keek overdreven geïnteresseerd om me heen, naar de brokken blauwe lucht die tussen de bomen door te zien waren, naar het trottoir met zijn patroon van oude bladvlekken, zodat het net een bedrukt katoentje leek. Maar ze verscheen niet, en daarom deed ik ten slotte de voordeur van het slot, zette me schrap en ging naar binnen.

Door de restanten van het dagelijks leven van de werklui – hun bekers, gekreukelde stoflakens en dekseltjes vol sigarettenpeuken – leek het huis, zelfs al was er geen mens, bevolkt. Ik moest altijd even blijven staan om mijn gevoel van alleen-zijn terug te vinden. En dan liep ik het huis door van voor naar achter, van gang naar keuken.

Geen Dorothy. De geur van pas gezaagd timmerhout, sigarettenrook, vochtig stucwerk, maar geen zeep en geen isopropylalcohol. In de keuken bleef ik zo lang staan wachten dat de stilte om me heen begon te galmen als de stilte in een zeeschelp, maar ze zei nooit: 'Hallo Aaron.'

Had ze die woorden hardop gezegd? Of had ik ze alleen in mijn hoofd gehoord, zoals ik haar ook mijn gedachten had toevertrouwd? Had dat hele voorval zich in mijn hoofd afgespeeld? Was ik zo krankzinnig van verdriet dat ik haar uit het niets had verzonnen?

Ik ging weer naar buiten. Ik liep terug naar de straat. (Maar weer heel langzaam.) Ik stapte in mijn auto en reed weg.

De volgende keer dat ze verscheen was op de boerenmarkt.

De boerenmarkt nota bene! Die in Waverly. Ik was er op een zaterdagochtend naartoe gegaan om sla te kopen voor Nandina. Toen ik opkeek van de kropsla stond Dorothy bij de kraam ernaast de bietjes te bekijken.

Ze gedroeg zich op boerenmarkten altijd op een beleefde manier verveeld. Ze ging wel mee, maar alleen uit verdraagzaamheid, toegeeflijkheid, en terwijl ik onze groente voor die week uitzocht stond zij er alleen maar bij en probeerde krampachtig om niet te gapen.

En dan: bietjes? Die zijn zo arbeidsintensief. En ze vergen een zekere culinaire knowhow. Bovendien hield ze er niet zo van. Ze was alleen maar bereid ze te eten vanwege het bètacaroteen.

Maar daar stond ze, ze tilde een bos bietjes, bijeengehouden met een elastiekje, op en bestudeerde hem ernstig, draaide hem een paar keer rond alsof ze hem wilde doorgronden voor ze hem teruglegde en een andere pakte.

Ik schoof zo voorzichtig haar kant op alsof ze een schichtig bosdier was. Mijn voeten maakten geen enkel geluid. En toen ik bij haar was zei ik geen woord. Ik boog me ook over de bietjes en pakte zelf een bos. We stonden naast elkaar, zo dichtbij dat een ademtocht voldoende was om onze mouwen samen te laten fluisteren. Ik voelde de warmte die haar huid uitstraalde door het katoen heen. Die verwarmde me tot in mijn ziel; ik kan de troost die ik voelde niet anders beschrijven. Ik wilde daar voorgoed blijven staan. Meer had ik me niet kunnen wensen.

'Zeg 't maar!' zei de vrouw die bij de kraam hoorde.

Ik schudde bijna onmerkbaar mijn hoofd.

'Daarvan moet u het blad ook gebruiken,' zei ze. 'Kijk maar hoe fris en groen het is. Alleen maar even koken in een bodempje zout water, zeg een minuut of vijf, en dan smelt u een klontje boter in een...'

Weerzinwekkend mens. Weerzinwekkende luidruchtige kletstante met je kraaienstem. Ik voelde koelte rechts van me en wist zonder te kijken dat Dorothy weg was.

Toen kwam ze naar Spindle Street.

De straat waar onze uitgeverij staat.

Ik had met Peggy en Irene geluncht in het eetcafé op de hoek. Daarna ging Irene op schoenen uit, maar Peggy en ik liepen terug naar kantoor, op ons dooie gemak omdat het een bijzonder mooie dag was. Het was zonnig maar niet te warm, met een licht briesje. En wil je wel geloven dat Peggy nu juist dat moment uitkoos voor een poging tot een openhartig gesprek. Ze zal wel hebben gedacht dat ze van de gelegenheid gebruik moest maken, omdat er eindelijk eens niemand meeluisterde. 'Goed,' zei ze, en toen: 'Aaron.' Gevolgd door: 'Goed, hoe staat het ervoor met jouw leven, Aaron?'

'Mijn leven,' zei ik.

'Zou je zeggen dat je over het allerergste dieptepunt van je verdriet heen bent? Of is het nog steeds even erg?'

'O,' zei ik, 'nou...'

'Hopelijk neem je me niet kwalijk dat ik het vraag.'

'Nee,' zei ik.

En dat was ook zo, merkte ik. Eerlijk waar, op dat specifieke moment wilde ik iemand vertellen wat ik voelde. (Het met iemand *delen*, had ik bijna gezegd – totaal niet mijn gebruikelijke jargon.)

'In zekere zin,' zei ik tegen Peggy, 'lijkt het net alsof er een deken over het verdriet heen is komen liggen of zo. Het is er nog wel, maar de scherpe kantjes zijn... gedempt, zeg maar. Maar zo af en toe til ik een hoekje van die deken op, om even te kijken, en... wham! Als een mes! Ik weet niet of dat ooit zal veranderen.'

'Kunnen wij soms iets doen om het makkelijker te maken?' vroeg ze. 'Moeten we er vaker over praten? Of juist minder vaak?'

'O, nee, jullie zijn allemaal...'

Toen voelde ik dat er iemand naast me op de stoep liep. Een meter of wat van me af, maar ze liep wel gelijk met ons op. Ik voelde dat ronde van haar, dat donkere, dat stille, haar intense alertheid. Maar ik durfde niet in haar richting te kijken. Ik bleef staan. Peggy deed hetzelfde. Net als die ander.

'Ga jij maar vast vooruit,' zei ik tegen Peggy.

'Wat?'

'Ga nou maar!'

'O!' zei ze, en haar ene hand vloog naar de satijnen strik bij haar hals. 'Ja, natuurlijk! Het spijt me zo! Ik... Neem me niet kwalijk!'

En ze maakte dat ze wegkwam.

Anders zou ik daarmee in mijn maag hebben gezeten, maar op dat moment kon ik me er niet druk om maken. Ik wachtte tot ze de treden naar ons gebouw op was gerend en door de deur was verdwenen. Toen keek ik Dorothy aan.

Ze stond me nuchter, peilend aan te kijken. Ze leek even echt als het bordje VERBODEN TE PARKEREN naast haar. Nu was ze in haar zwarte tricot shirt, dat ze ook had aangehad op die avond dat we voor het eerst zoenden, maar onder de schuine band van haar schoudertas was het gekreukeld, alsof ze net van haar werk kwam.

'Ik had best meer willen vragen,' zei ze.

'Wat?'

'We hadden de hele tijd kunnen praten. Maar jij duwde me altijd weg.'

'Ik duwde jou weg?'

Er liep iemand zo vlak langs me dat zijn schoen het

uiteinde van mijn wandelstok raakte, ik wendde me een fractie van een seconde in zijn richting, en toen ik me terugdraaide was ze weg.

'Dorothy?' zei ik.

Voetgangers weken om me uiteen als water om een steen en zonden me nieuwsgierige blikken. Dorothy was nergens te bekennen.

Weken gingen voorbij en het enige wat me bezighield was hoe ik haar kon laten terugkomen.

Zat er een patroon in? Was er een gemeenschappelijke factor waardoor haar bezoekjes werden opgeroepen? De eerste keer had ik lopen nadenken over ons leven samen, maar de tweede keer had ik nota bene de kropsla staan inspecteren. En de derde keer was ik diep in gesprek geweest met Peggy. Voor zover ik kon nagaan waren de omstandigheden elke keer volkomen anders.

'Nandina,' begon ik op een avond, 'heb jij weleens... Zijn pa en ma weleens... nou, na hun dood aan jou verschenen?'

'Pa en ma?'

'Of wie dan ook! Oma Barb, of tante Esther... Je was altijd zo close met tante Esther, dat weet ik nog.'

Nandina hield op met perziken snijden. (Ze was een van haar sapjes voor Gil aan het maken.) Toen ze me aankeek zag ik het medelijden uit haar ogen stralen. 'O, Aaron,' zei ze.

'Wat.'

'O, lieverd, ik wou dat ik je kon helpen.'

'Wat? Nee, echt, niks aan de hand,' zei ik. 'Ik vroeg me alleen maar af of...'

'Ik weet dat je nu natuurlijk het gevoel hebt dat je er nooit overheen komt, maar geloof me, op een dag zul je... Nee, niet eroverheen komen, dat bedoel ik niet – je komt er nooit echt overheen – maar op een dag word je wakker met het besef dat je nog een heel leven voor je hebt.'

'Dat besef ik nu al,' zei ik. 'Wat ik wil weten...'

'Je bent pas zesendertig! Massa's mannen van die leeftijd zijn hun leven nog niet eens begónnen. Je bent aantrekkelijk, en intelligent. Op een dag komt er een heel aardige vrouw langs die jou inpikt. Dat kun je je nu nog niet voorstellen, maar let op mijn woorden. En ik zeg er meteen bij, Aaron, dat ik haar van harte welkom zou heten. Ik zou iedereen met wie jij thuiskwam welkom heten, dat beloof ik.'

'Net als de vorige keer zeker?' vroeg ik.

'En dan kijk je terug en zeg je: "Ik kan me niet meer voorstellen dat ik ooit geloofde dat mijn leven voorbij was."'

Ik had haar kunnen vertellen dat ik eerder vreesde dat mijn leven maar eindeloos zou voortduren. Maar ik voelde er niets voor weer zo'n golf medeleven over me heen te krijgen.

Toen ik een keer aan het eind van de middag bij ons huis langsging, nog altijd zonder een spoor van Dorothy, liep ik naar de plaats waar de eik had gestaan. De boom zelf was op een gegeven moment afgevoerd, en zelfs de stronk was uitgegraven en het gat dichtgegooid met houtsnippers. Daar had Gil voor gezorgd. Ik herinnerde me dat ik de rekening had betaald, die aanzienlijk was geweest.

Kom eens kijken, Dorothy, dacht ik. Kom eens kijken wat onze wereld op zijn kop heeft gezet. Maar wie er kwam was de oude Mimi King, van de overkant van het steegje. Ik zag haar voorzichtig tussen de kardinaals- mutsstruiken door komen. Ze had nu eens geen oven- schotel bij zich, al droeg ze wel een schort. Er zaten dun- ne roze rollers in haar grijze haar, die aan alle kanten om haar hoofd deinden. 'Hé, Aaron!' zei ze. 'Wat fijn om jou thuis te zien! Ik keek uit mijn keukenraam en opeens zag ik jou.'

'Hoi, Mimi,' zei ik.

Ze kwam buiten adem naast me staan en tuurde naar de plaats waar de boom had gestaan. 'Wat is me dat een triest gezicht,' zei ze.

'Ja, ach, hij heeft een mooi lang leven gehad, neem ik aan.'

'Lelijk oud kreng,' zei ze.

'Mimi,' vroeg ik, 'hoe lang is het geleden dat je man stierf?'

'O, al drieëndertig jaar. Vierendertig. Denk je eens in... Ik ben nu al langer weduwe dan ik getrouwd ben ge- weest.'

'En heb je na zijn dood weleens, zeg maar... zijn aan- wezigheid gevoeld?'

'Nee,' zei ze, maar de vraag leek haar niet te verbazen. 'Al hoopte ik dat wel. En óf ik dat hoopte. Soms praatte ik zelfs hardop tegen hem, de eerste jaren, en dan smeekte ik hem zich te vertonen. Heb jij dat met dokter Rosales?'

'Ja,' zei ik.

Ik haalde diep adem.

'En af en toe denk ik bijna dat ze zich echt vertoont,' zei ik.

Ik keek Mimi even snel van opzij aan. Ik kon haar reactie niet peilen.

'Ik weet best dat dat wel idioot zal klinken,' zei ik. 'Maar misschien vindt ze het gewoon naar om mij zo bedroefd te zien, zo verklaar ik het. Ze ziet dat ik het niet verdraag om haar kwijt te zijn, dus dan komt ze eventjes terug.'

'Nou, dat is maar kletskoek,' zei Mimi.

'O.'

'Denk je dat ik niet bedroefd was toen Dennis doodging?'

'Ik bedoelde niet...'

'Denk je dat ik het verdroeg om hem kwijt te zijn? Maar ik moest wel, toch? Ik moest gewoon door, net als anders, met drie kinderen in de groei die totaal van mij afhankelijk waren. Niemand die míj extra aandacht schonk.'

'O, mij ook niet, hoor!' zei ik.

Maar ze had zich al omgedraaid. Met een wapperend gebaar van een verwelkte arm in mijn richting beende ze terug naar het steegje.

Ik vroeg het op het werk. We zaten met verjaarstaart – van Charles – en kartonnen bekertjes champagne in een kring, Nandina was even haar kamer in gelopen om de telefoon op te nemen en ik was, denk ik, een tikje overmoedig door de champagne. 'Mag ik jullie eens iets vragen?' zei ik. 'Heeft een van jullie weleens het gevoel gehad dat er een geliefde over hem waakte?'

Peggy keek op van de kaarsjes die ze uit de taart plukte en haar wenkbrauwen vormden samen een tentje van bezorgdheid. Dat had ik wel verwacht, maar ik vond het wel wat 'o, arme Aaron' waard, omdat zij precies het type was om te denken dat haar geliefden over haar waakten. Maar ze zei niets. 'Een geliefde die gestorven is, bedoel je?' vroeg Irene.

'Precies.'

'Dit klinkt vast heel raar,' zei Charles, 'maar ik heb geen geliefden die gestorven zijn.'

'Geluksvogel,' zei Peggy.

'Alle vier mijn grootouders zijn ver voor mijn geboorte overleden, en mijn ouders zijn nog zo gezond als een vis, even afkloppen.'

Gaap, was mijn enige gedachte. Mensen die nog nooit een verlies hadden geleden konden niet echt volwassen zijn, leek me.

'Mijn vader is omgekomen bij een auto-ongeluk toen ik tien was,' zei Irene. 'Ik weet nog dat ik er vaak over inzat dat hij nu alziend zou kunnen zijn en dat hij dan zou zien dat ik graag iets pikte in winkels.'

'Oeeeh, Irene,' zei Charles. 'Deed jij aan winkeldiefstal?'

'Ik pikte lippenstift in Read's Drug Store.'

Ik vond het boeiend dat Irene dacht dat de doden alziend zouden kunnen zijn. Sinds de eik was omgevallen was ik meer dan eens bekropen door het irrationele idee dat Dorothy nu alles over me wist, inclusief vroegere fantasieën die met Irene te maken hadden.

'Het gekke is,' zei ze nu, 'dat ik in die tijd niet eens lippenstift gebruikte. En ik had die trouwens ook best kunnen betalen. Ik kreeg zakgeld. Ik kan niet uitleggen wat me bezielde.'

'Maar kwam hij het te weten?' vroeg ik.

'Wat?'

'Kwam je vader te weten dat je stal?'

'Nee, Aaron. Dat kan toch helemaal niet?'

'O. Nee, natuurlijk niet,' zei ik.

'Sorry!' galmde Nandina, en daar was ze alweer. 'Dat was Hastings Burns, de weledele heer Hastings Burns. Weten jullie nog wel, die weledele heer Hastings Burns? *Juridisch handboek voor beginners*?'

'*Muggenziften voor beginners*,' zei Irene.

'*Mierenneuken voor beginners*,' vulde Charles aan.

Ik was allang blij dat er van onderwerp werd veranderd voordat Nandina erachter kwam waar we het over hadden.

Toen liep ik naar het postkantoor in Deepdene Road en liep Dorothy naast me. Het was geen kwestie van 'opduiken' of zo. Ze 'materialiseerde zich' niet. Ze was gewoon op de een of andere manier de hele tijd al bij me, zoals je in een droom soms opeens gezelschap hebt van iemand die niet naar je toe komt maar er domweg is – zonder uitleg, zonder behoefte aan uitleg.

Ik vermeed het haar kant op te kijken, omdat ik bang was haar af te schrikken. Maar ik ging wel langzamer lopen. Als er iemand had toegekeken had hij gedacht dat ik aan het koorddansen was, zo voorzichtig liep ik.

Voor het postkantoor bleef ik staan. Ik wilde niet naar binnen, waar andere mensen zouden zijn. Ik keek haar aan. O, wat zag ze er... Dorothy-achtig uit! Zo normaal en onhandig en gewoon, haar ogen vast op de mijne gericht, een waasje zweet op haar bovenlip, haar gedrongen onderarmen kruiselings om haar schoudertas, die ze dicht tegen haar buik drukte.

'Ik heb je niet weggeduwd, Dorothy,' zei ik. 'Hoe kun je zoiets zeggen? Dat was in elk geval niet mijn bedoeling. Dacht jij wel dat ik dat deed?'

'Ach, laat maar,' zei ze, en ze keek naar opzij.

'Geef antwoord, Dorothy. Praat met me. Kunnen we het er niet gewoon over hebben?'

Ze ademde in alsof ze iets ging zeggen, dacht ik, maar toen leek het alsof haar aandacht opeens werd getrokken door iets bij haar voeten. Het was haar schoen; haar linkerveter zat los. Ze hurkte neer om hem vast te maken, tot een bergje voorovergebogen zodat ik haar gezicht niet kon zien. Ik verloor mijn geduld. 'Je zegt dat ík jóú wegduw?' vroeg ik. 'Verdorie, je doet het zelf!'

Ze hees zich overeind, draaide zich om en sjokte weg met haar tas weer tegen zich aan geklemd. Haar orthopedisch ogende schoenzolen waren langs de buitenrand afgesleten en er zaten rafels onder aan haar broekspijpen, waar ze erop getrapt had. Ze liep door Deepdene Road terug naar Roland Avenue en sloeg rechtsaf, zodat ik haar uit het oog verloor.

Je zult je wel afvragen waarom ik haar niet achterna rende. Dat deed ik niet omdat ik kwaad op haar was. Het sloeg echt nergens op zoals ze had gedaan. Om razend van te worden.

Toen ze weg was bleef ik daar nog een hele poos staan. Ik had de moed niet meer om mijn zaken in het postkantoor af te handelen.

Ooit hadden we een auteur aan het werk die een boek had geschreven voor jonge stellen op het punt van trouwen. *Gemengd gezelschap* heette het. Uiteindelijk ging hij niet met ons in zee – besloot dat we te duur waren en gaf de voorkeur aan een internetbedrijf – maar die titel ben ik nooit vergeten. *Gemengd gezelschap*. Daarin lag alles besloten wat er mis was met het huwelijk als instituut.

'Een vraag,' zei ik tegen Nate. We zaten aan onze vaste tafel en wachtten tot Luke de zenuwinzinking van de kok koude keuken had afgehandeld. 'Heb jij weleens bezoek gekregen van iemand die dood was?'

'Niet in eigen persoon,' zei Nate terwijl hij zijn hand uitstrekte naar het broodmandje.

'Dus wel een ander soort bezoek?'

'Nee, maar mijn oom Daniel – mijn oudoom eigenlijk – ik ben een keer een foto van hem in de krant tegengekomen.'

Ik kreeg het gevoel dat Nate mijn vraag niet goed had begrepen, maar ik hield mijn mond. Hij brak een broodje doormidden. Toen zei hij: 'Er stond een foto in van regeringsfunctionarissen in Zuid-Amerika. Argentinië? Brazilië? Ze waren gearresteerd voor corruptie. En daar stond hij, in een rij met een stel andere mannen. Maar nu in gala-uniform, met een borst vol medailles.'

'Eh...'

'Dat was vreemd, omdat ik hem een paar jaar eerder toch echt in zijn kist had zien liggen.'

'Ga weg,' zei ik.

'Maar geen vergissing mogelijk. Dezelfde kromme

neuslijn, dezelfde half geloken ogen. "Dus dáár heb je uitgehangen!" zei ik.'

Toen zette hij zijn handpalmen op tafel en keek het vertrek rond. 'Is er ergens boter?'

Ik ging er niet verder op door.

Gil was de enige aan wiens antwoord ik iets had.

En ik vroeg hem er niet eens naar! Ik had wel gek moeten zijn – ja toch? – om op mijn aannemer af te stappen en te vragen of hij weleens contact had met de overledenen.

Ik zei alleen maar – ik stond de nieuwe boekenplanken in de serre te bekijken en ik zei: 'Toch jammer dat Dorothy ze niet meer kan zien.'

'Vind ik ook,' zei Gil. Hij zat op zijn hurken de tijd op de wekkerradio op de vloer bij te stellen. Zijn mannen hadden de gewoonte het ding aan te sluiten in de ruimte waar ze op dat moment aan het werk waren en de cijfers 9999 de hele dag te laten knipperen, wat hem scheen te hinderen.

'Ze wilde altijd al meer plek voor haar medische tijdschriften,' zei ik.

'Nou, dan zou ze hier wel blij mee zijn geweest,' zei hij. Hij kwam kreunend overeind. 'Verdomme. Ik word oud. Heb ik je weleens verteld dat mijn vader er een handje van had terug te keren uit het dodenrijk om mijn werk te controleren?'

'Eh, nee.'

'Hij stierf toen ik nog op school zat, maar nadat ik de bouw in was gegaan ving ik van tijd tot tijd een glimp van hem op. Alleen maar af en toe, snap je wel? Alsof hij wat rondscharrelde op een project, om te zien hoe het ervoor stond. Dan pakte hij een hoekbalk beet en schudde er eens aan, om hem te testen. Of hij bukte zich om een spijker op te rapen die ik had laten vallen. Een paar keer kwam ik 's ochtends op mijn werk en vond dan een stelletje spijkers netjes naast elkaar in de vensterbank. God, wat had die man een hekel aan verspilling.'

Ik probeerde Gils uitdrukking te lezen – maakte hij een geintje? – maar hij zat nu achteruitgeleund naar het kozijn boven een raam te turen.

'Het zal een paar maanden hebben geduurd, dat hij dat deed,' vervolgde hij even later. 'Hij zei nooit iets. En ik ook niet. Ik bleef altijd gewoon naar hem staan kijken, benieuwd waar hij op uit was. Hij en ik hadden nooit veel gehad samen, zie je. Nee zeker niet, helemaal niet. Al sinds ik klein was niet. Hij had mijn losbandige levenswijze afgekeurd. Daarom was ik benieuwd waar hij op uit was. Maar goed, zo langzamerhand verdween hij weer, ik kan niet precies zeggen wanneer. Hij kwam gewoon niet meer langs, en op een gegeven moment drong dat tot me door. Weet je wat ik nu denk?'

'Nou?' vroeg ik.

Hij keek me aan. Zijn gezicht stond volkomen ernstig. 'Ik denk dat hij nog iets met mij moest afronden,' zei hij. 'Dat hij er spijt van had dat hij me had laten stikken toen ik nog aan het uitrazen was, en dat hij terugkwam om met eigen ogen te zien dat ik goed terecht was gekomen.'

'En... denk je dat hij heeft bereikt wat hij wilde?' vroeg ik. 'Was hij uiteindelijk tevreden?'

'Was hij tevreden. Tja. Ja hoor, ik denk het wel.'

Toen schreef hij iets op een post-itblokje dat hij uit de zak van zijn overhemd haalde, trok het bovenste blaadje eraf en plakte het op het raamkozijn.

Ik zat op een bankje in het winkelcentrum terwijl Nandina in de Apple Store was. Ik moet niks van winkelcentra hebben. Ik zou niet eens zijn meegegaan als haar boodschap niet met het werk te maken had gehad. Maar het was razend druk in de Apple Store en ik werd ongedurig, waarop zij me naar buiten stuurde. Ik zat daar, één bonk rusteloosheid, chagrijn en ergernis, maar geleidelijk kalmeerde ik. En toen kreeg ik door dat Dorothy naast me zat.

Ik zei niets. Ik keek haar niet aan. Zij zei ook niets. Het leek alsof we hadden afgesproken terug te gaan naar START om opnieuw te beginnen: eerst alleen maar samenzijn. Alleen maar zitten. Niet praten; niks verpesten. Alleen maar naast elkaar zitten kijken hoe de wereld aan ons voorbijtrok.

Stel je twee standbeelden voor in een Egyptische piramide: zittende man, zittende vrouw, het gezicht naar voren, ontvankelijk.

We zagen drie oude vrouwen in bloemetjesjurken en op grote, witte, sponzige joggingschoenen, bezig aan hun wandelingetje voor de lichaamsbeweging. We zagen twee verliefde tieners langs slenteren die zo innig verstrengeld waren dat je je afvroeg hoe ze erin slaagden om overeind te blijven. We zagen een moeder die een jongetje van een jaar of negen op zijn kop gaf. 'Ik kan je wél vertellen,' zei ze, 'dat ik me als jij later getrouwd bent elke dag tegen je vrouw zal moeten verontschuldigen omdat ik zo'n egoïstisch, onverschillig kind heb grootgebracht.' We zaten daar een hele poos doodstil naast elkaar.

Ze ging niet weg, dat niet precies. Maar na een poosje zat ik er weer alleen.

Nu ik had geleerd haar te zien verscheen ze vaker. Het was niet zozeer dat ze kwam als wel dat geleidelijk tot me doordrong dat ze er was. Ze was de warmte achter me in de rij bij de kassa; ze was het silhouet rechts van me als ik over de parkeerplaats liep.

Zie het maar zoals wanneer je je met een vriend samen een weg baant door een mensenmassa – ook al kijk je niet naar elkaar, toch weet je dat je vriend je bijhoudt. Zo ging het ook met Dorothy. Beter kan ik het niet omschrijven.

En laat ik er maar meteen bij zeggen dat ik niet gek was. Of, om het iets anders te formuleren: ik was me ten volle bewust dat het gek wás om een overledene te zien. Ik geloofde echt niet dat de overledenen terugkwamen op aarde (terug waarvandaan?), en ik heb nooit, zelfs niet als kind, gedacht dat er geesten bestonden.

Maar verplaats je eens in mij. Neem iemand in gedachten die je hebt verloren en die je tot het einde van je levensdagen zult missen, en stel je dan voor dat je die persoon ergens op straat tegenkomt. Je ziet je allang overleden vader met zijn handen in zijn zakken voor je uit slenteren. Of je hoort je moeder achter je roepen: 'Liefje?' Of je kleine broertje, dat laten we zeggen in de winter dat hij zes was door het ijs is gezakt, loopt langs met zijn geur van mentholhoestpastilles en klamme

wanten. Dan zou je niet aan je geestesgesteldheid twij-
felen, omdat je de gedachte dat het niet echt was niet
zou kunnen verdragen. En je zou al helemaal geen verklaring verlangen of iemand in de buurt waarschuwen
of die ander proberen aan te raken, zelfs niet al zou je alles over hebben gehad voor die ene aanraking. Je zou je
adem inhouden. Je zou je zo stil mogelijk houden. Je
zou je geliefde geluidloos bezweren niet opnieuw weg
te gaan.

Ik ontdekte dat ze zich buiten beter op haar gemak
scheen te voelen dan binnen. (Terwijl dat voor ze stierf
andersom was.) En ze bleef uit de buurt van Nandina's
huis en kwam nooit naar mijn werk. In beide gevallen
begrijpelijk, dunkt me. Nandina en zij waren nooit op
een ontspannen manier met elkaar omgegaan en ik geloof dat ze zich op mijn werk een buitenstaander voelde.
Niet dat iemand daar onaardig tegen haar was, maar je
kent dat wel, het ons kent ons op een kantoor, het goed-
moedige geroddel dat de bureaus langsgaat, de ingesle-
ten grapjes en het vakjargon.

Lastiger te begrijpen was dat ze niet naar ons eigen
huis kwam – althans niet naar binnen. Je zou toch aannemen dat ze daarin geïnteresseerd was? Dichterbij dan
die keer op het trottoir was ze nooit geweest. Maar toen
zag ik haar op een zondagochtend opeens in de achtertuin, naast de plaats waar de eik had gestaan. Het was
een van de zeldzame keren dat ze al ergens was voor ik
er kwam. Toen ik uit ons keukenraam keek zag ik haar
staan; met haar handen diep in de zakken van haar doktersjas tuurde ze naar de houtsnippers. In minder dan
geen tijd stond ik naast haar, ook al scheen ik mijn wan-

delstok ergens in huis te hebben gelaten. Lichtelijk buiten adem zei ik: 'Je ziet wel dat ze alle bewijzen hebben verwijderd. Zelfs de stronk fijngemalen.'

'Mmhmm,' zei ze.

'Ze vroegen of ik er iets voor in de plaats wilde zetten, een esdoorn of zo. Esdoorns groeien heel snel, zeiden ze, maar ik heb nee gezegd. We kregen hier nooit genoeg zon, zei ik, en nu misschien...'

Ik zweeg. Dit was helemaal niet waar ik het over wilde hebben. In al die maanden dat ze er niet was had ik zo veel dingen opgespaard die ik haar wilde vertellen, zo veel nieuwtjes over het huis en de buurt, over vrienden, werk en familie, maar nu leken die onbetekenend. Pover. Als een voorval maar ver genoeg achter je ligt vervlakt het, zou je kunnen zeggen – gaat het op in alles eromheen.

Ik schraapte mijn keel. 'Dorothy,' zei ik.

Stilte.

'Ik kan niet tegen het idee dat je dood bent, Dorothy.'

Ze maakte haar blik los van de houtsnippers.

'Dood?' vroeg ze. 'Maar dat ben ik niet... Nou ja, misschien zou je het wel zo kunnen noemen. Wat raar eigenlijk.'

Ik wachtte.

Ze richtte haar aandacht weer op de houtsnippers.

'Ben je gelukkig?' vroeg ik. 'Mis je me? Mis je het om te leven? Heb je het er moeilijk mee? Wat maak jij door, Dorothy?'

Ze keek me weer aan en zei: 'Het is te laat om te vertellen wat ik doormaak.'

'Wat? Te laat?'

'Dat had je me ervóór moeten vragen.'

'Wáárvoor dan?' vroeg ik. 'Waar heb je het over?'

Toen hoorde ik Mimi King: 'Joe-hoe!' Ze kwam haar achterdeur uit en zwaaide. Ze was keurig uitgedost om naar de kerk te gaan, had zelfs een hoed op. Ik zwaaide flauwtjes terug, in de hoop dat dat voldoende zou zijn, maar nee hoor, daar kwam ze al naar ons toe, op een schokkerige manier die erop wees dat ze hoge hakken aanhad. 'Verdomme,' zei ik, en ik wendde me weer naar Dorothy. Maar die was er natuurlijk niet meer.

Ik wist dat het door Mimi kwam. Zelfs toen ze nog leefde had Dorothy er immers al een handje van bezoekjes van Mimi te ontduiken. Maar toch, of ik wilde of niet, kon ik haar verdwijning alleen maar als een verwijt aan mij persoonlijk zien. 'Dat had je me ervóór moeten vragen,' had ze gezegd. 'Het is te laat,' had ze gezegd. En toen was ze weggegaan.

Ik kon het gevoel niet van me afzetten dat het allemaal mijn schuld was. Mimi trippelde nu tussen mijn kardinaalsmutsstruiken door, maar ik draaide me met een zwaar gevoel in mijn borst om en hinkte terug naar binnen.

7

In september vergaderden we op het werk over de plannen voor Kerstmis. Bijna iedereen had moeite om in de juiste stemming te komen: het was rond de dertig graden en de bladeren waren nog niet eens aan het verkleuren. Maar we kwamen in Nandina's kamer bijeen, Irene en Peggy op de loveseat, Charles en ik op bureaustoelen die we ergens anders vandaan mee hadden gereden. Uiteraard had Peggy voor iets lekkers gezorgd – zelfgebakken koekjes en gekoelde pepermuntthee – waarvoor Nandina haar bedankte, al wist ik dat het voor haar niet zo hoefde. ('Soms krijg ik het gevoel dat ik weer op de basisschool zit,' zei ze ooit tegen me, 'en dat Peggy de klassenmoeder is.') Ik nam uit beleefdheid een koekje, maar liet het op een hoek van Nandina's bureau op een servetje liggen.

Irene droeg die dag haar legendarische kokerrok. Hij was zo strak dat ze hem als ze zat tot boven haar knieën moest optrekken, zodat haar lange, elegante benen te zien kwamen, die ze bij wijze van spreken twee keer over elkaar kon slaan, door de teen van de bovenste schoen om de onderste enkel te haken. Peggy was in haar gebruikelijke ruches, inclusief een truitje met korte mouwtjes met kant, want ze beweerde altijd dat de airconditioning bij Woolcott Publishing overdreven hoog stond.

En Nandina presideerde vanachter haar bureau in een van haar chique overhemdblouses, met haar handen keurig tegen elkaar gedrukt voor zich.

'Om te beginnen,' zei ze, 'moet ik weten of iemand een slim idee heeft bedacht voor onze kerstmarketing.'

Ze keek de groep rond. Het bleef stil. Toen slikte Charles een hap koek door en stak zijn hand een stukje omhoog. 'Dit gaat een tikje pompeus klinken,' zei hij, 'maar ik denk dat ik heb bedacht hoe we de mensen onze hele Beginnersreeks kunnen verkopen, allemaal bij elkaar in één groot pak.'

Nandina keek verbaasd.

'Jullie hebben wel van helikopterouders gehoord,' zei hij tegen ons. 'Van die moderne figuren die hun studerende kinderen elk uur bellen om zeker te weten dat hun schatjes het zonder hen redden. Niet iets wat Janie en ik van plan zijn, neem dat maar van mij aan – als wij de meiden al ooit zover krijgen dat ze uit huis gaan. Maar goed, dit is precies het soort geschenkidee dat helikopterouders zou aanspreken: we verpakken de complete reeks in een stel kistjes van gevernist walnoot met schuifdeksels. Open zo'n kistje en je vindt instructies voor elke denkbare gebeurtenis. Niet alleen maar de Beginnersdeeltjes over op jezelf wonen of de Beginnersdeeltjes over een gezin stichten, maar een heel Beginnersléven, van het begin tot het eind, van de wieg tot het graf! En het mooiste is dat die walnootkistjes dienstdoen als boekenkastelementen. De kinderen kunnen ze gewoon in hun flat met de bovenkant naar voren op elkaar stapelen, de deksels eraf schuiven en klaar is hun boekenkast. Gaan ze verhuizen? Dan schuiven ze de deksels er weer op en gooien de kistjes in de boedelbak. Nog niet toe aan het boek over borstvoeding, of over echtscheiding? Bewaar die in een kist in de kelder tot je ze nodig hebt.'

'Wat, ook *Pensioen voor beginners*?' vroeg Irene. '*Uitvaartideeën voor beginners*?'

'Of stop ze in de opslagruimte,' zei Charles. 'Ik begrijp dat al die jongeren tegenwoordig opslagruimte hebben.'

'Ik kan me nauwelijks voorstellen dat zelfs helikopterouders zó ver zouden gaan, Charles,' zei Nandina.

'Precies,' zei Irene. 'Waarom zou je de ouders zelf dan niet *Loslaten voor beginners* geven en zo het hele probleem omzeilen?'

'Geven we dat ook uit?' vroeg Peggy zich hardop af.

'Nee, Peggy. Het was maar een grapje.'

'Toch is het wel een idee,' zei Charles. 'Maar dan uiteraard pas nadat we de andere boeken hebben verkocht. Noteer dat even, Peggy.'

'O! Over nieuwe titels gesproken,' zei Peggy opeens opgevrolijkt. 'Ik weet er een: *Je vrouw in de overgang voor beginners*.'

'Pardon?' zei Nandina.

'Die man die vorige week mijn fornuis kwam maken? Die hing een heel verhaal op over zijn vrouw, en dat hij gek van haar wordt sinds ze in de overgang is.'

'Serieus, Peggy,' zei Nandina. 'Waar haal je die mensen toch vandáán?'

'Ik niet! Mijn huisbaas kwam met hem aan.'

'Maar jij moet toch iets doen om het op te roepen. Wij hoeven maar even niet op te letten en gelijk stort er weer iemand zijn hart bij je uit, lijkt het wel.'

'Ach, ik vind het niet erg.'

'Ikzelf,' zei Irene, 'maak er een gewoonte van zulke dingen puur professioneel te houden. "Hier is de keuken," zeg ik gewoon, "hier is het fornuis. Ik hoor het wel als het weer werkt."'

Ik lachte, maar de anderen knikten eerbiedig.

'Ik kon er niks aan doen,' zei Peggy. 'Echt niet. De bel gaat, ik doe open. Die man komt binnen en zegt: "Vrouw." Zegt: "Overgang."'

'Ik geloof dat we nogal afdwalen,' zei Nandina. 'Heeft er iemand een suggestie in verband met Kerstmis?'

Charles stak weer zo'n beetje zijn hand op. 'Nou...' zei hij. Hij keek de kring rond. 'Niet dat ik anderen geen kans wil geven of zo...'

'Ga je gang,' zei Nandina. 'Zo te merken ben jij vandaag de enige met inspiratie.'

Hij raapte een boek op dat onder zijn stoel lag. Het had een luxueus bruinleren omslag met overdadige goudkleurige decoraties en in gotische letters het opschrift *Mijn geweldige leven, door.*

'Door?' vroeg Nandina.

'Door iedereen wie het wil schrijven,' zei Charles.

'Iedereen díé,' verbeterde Irene.

'O, neem me vooral niet kwalijk. Wat onbeschaafd van me. Kijk, dit zou dan een cadeau zijn voor de oude zonderling in de familie. Zijn kinderen sluiten een contract met ons om de memoires van die man te laten uitgeven: ze betalen vooraf voor het drukken en krijgen deze ingebonden leren dummy met zijn naam alvast ingevuld. Op kerstochtend leggen ze hem uit dat hij er alleen maar zijn herinneringen in hoeft op te schrijven.

Daarna gaat het rechtstreeks naar de drukker, zo gepiept.'

Hij hield het boek boven zijn hoofd en liet de bladeren verleidelijk ritselen.

'En waarom zou die oude zonderling niet domweg dat boek volschrijven en het daarbij laten?' vroeg ik.

'Des te beter voor ons,' zei Charles. 'Dan zijn wij betaald voor drukwerk dat we niet daadwerkelijk hoeven te leveren. Restitutie is niet aan de orde, snap je.'

Ik zag ervan af een van mijn *Zwendel voor beginners*-opmerkingen te maken, maar Peggy zei: 'O! Die arme kinderen van hem!'

'Eens betaald blijft betaald, mevrouwtje,' was Charles' reactie.

'Misschien kunnen we die dummy gewoon zo aanbieden – zonder dat er drukwerk aan te pas komt,' opperde ze.

'Wat is dan het verschil met die *Oma vertelt*-boekjes uit de tijdschriftenwinkel?'

'Dat die van ons luxueuzer zijn?'

Charles zuchtte. 'In de eerste plaats,' zei hij, 'zien mensen hun woorden graag gedrukt. Daar is dit bedrijf voor de helft op opgebouwd. En bovendien doen wij ons best een zo duur mogelijk product in elkaar te draaien.'

'Maar als hij nu eens géén geweldig leven heeft gehad?' vroeg Irene.

'In dat geval wil hij niets liever dan dat aan iedereen laten weten. Hij popelt om te beginnen! Dan zit hij daar onder de kerstboom al over zijn boek gebogen zijn grieven neer te pennen en heeft hij geen oog meer voor zijn familie.'

'Goed, dank je, Charles,' zei Nandina. 'Dat geeft ons wel iets om over na te denken. Dat idee met die boeken-kastelementen lijkt me een beetje... ambitieus, maar dat plan voor memoires moeten we beslist in overweging nemen. Nog iemand iets?'

Wij zaten opeens allemaal ijverig naar iets anders te kijken, als leerlingen die hopen niet de beurt te krijgen.

Een vreemd effect van Dorothy's bezoekjes was dat ik de wereld steeds meer door haar ogen ging bekijken. Ik zat er tijdens die vergadering als een vreemde bij, ver-baasd dat die mensen dergelijke zaken zo serieus kon-den nemen. Denk je eens in: een reeks instructieboekjes met als expliciet doel niet dieper dan de oppervlakte te gaan. Een allegaartje aan oorlogsherinneringen en ge-schifte privéfilosofietjes die een normale uitgeverij geen blik waardig zou hebben gekeurd. Was dat het doel van mijn bestaan?

Vroeger speelde ik weleens met het idee dat we er bij onze dood achter komen wat ons leven uiteindelijk te betekenen heeft gehad. Ik had nooit verwacht dat we daarachter konden komen als er iemand anders sterft.

Toen de vergadering erop zat was het lunchtijd, maar in plaats van met de anderen naar het eetcafé op de hoek te gaan trok ik me terug in mijn kamer. Ik moest nog wat werk inhalen, zei ik tegen hen. Maar zodra ik alleen was draaide ik mijn stoel naar het raam en staarde zonder iets te zien naar het groezelige landschap van baksteen daarbuiten. Het was een opluchting om niet meer ge-animeerd te hoeven kijken, mijn uitdrukking van leven-dige betrokkenheid te laten varen.

Ik dacht terug aan de keer dat Dorothy in Rumor Road naar ons huis had staan kijken. Ik dacht aan de keer dat ze na de lunch naast me had gelopen. Het kwam in me op dat we tijdens onze ontmoetingen naar alle waarschijnlijkheid geen van beiden hardop hadden gesproken. Onze gesprekken hadden zich in stilte in mijn hoofd afgespeeld – waarbij mijn woorden eindelijk eens soepel uit mijn mond rolden, zonder enig gehaper of gestotter. Toegegeven, ik was geneigd me al mijn gesprekken zo te herinneren. Dan vroeg ik iemand bijvoorbeeld: 'K-k-kunt u... adres-adres-geven,' maar in mijn hoofd werd dat de fraaie volzin: 'Kunt u me alstublieft uw adres geven?' Toch hield ik mezelf nooit voor de gek. Ik wist hoe ik echt klonk. Ik klonk als een wegvallende stem uit een mobieltje.

Maar bij Dorothy's bezoekjes was het anders geweest. Ik was zonder enige moeite door mijn zinnen gegleden, omdat ik alleen in mijn gedachten had gesproken. En zij had mijn gedachten verstaan. Het was allemaal zo makkelijk geweest.

Alleen wilde ik nu terug naar de hobbels en bobbels van het gewone leven. Ik wilde dat mijn medeklinkers mijn klinkers in de weg zaten als ik praatte, dat mijn voeten tegen de hare stootten als we elkaar omhelsden, dat mijn neus tegen de hare botste als we elkaar kusten. Ik wilde *echtheid*, ook al was die gebrekkig en gehavend.

Ik deed mijn ogen dicht en wenste met heel mijn hart dat ze alleen even een hand op mijn schouder kwam leggen. Maar ze kwam niet.

Ik hoorde de anderen terugkomen van de lunch – flarden geklets en gelach. Een stoel die over de vloer schuurde. Een rinkelende telefoon. Een paar minuten later klopte er iemand op mijn deur.

Ik draaide mijn stoel terug. 'Wie is daar?' vroeg ik. (In werkelijkheid vroeg ik: 'Wie?')

De deur ging een stukje open en Peggy stak haar hoofd om de hoek. 'Ben je druk bezig?' vroeg ze.

'Eh...'

Ze kwam binnen en deed de deur zorgvuldig achter zich dicht. (O-o, weer zo'n openhartig gesprek van haar.) Ze hield een hand naar me uitgestoken met daarop een koekje op een servetje. 'Dit had je op Nandina's bureau laten liggen,' zei ze, en ze legde het op mijn vloeiblad. 'Ik dacht dat je er misschien wel trek in zou hebben, omdat je niet bent gaan lunchen.'

'Dank je wel.'

Onder haar arm droeg ze haar koektrommel, waar donkerroze en paarse hortensia's op geschilderd stonden. De rand van een papieren kantkleedje stak onder het deksel uit. Ze zette de trommel ook op mijn vloeiblad, maar zonder er iets over te zeggen, alsof ze hoopte die ongezien mee te smokkelen.

'Het was Reuben-dag in de Gobble-Up,' zei ze. 'We hebben allemaal een gegrilde Reuben genomen.'

'Geweldig. Dan ben ik vanmiddag de enige die tot werken in staat is.'

'Ja. Ik heb nu al buikpijn.'

Ik wachtte tot ze wegging, maar ze trok de stoel bij die aan de andere kant van mijn bureau stond. Wel ging ze alleen maar op het randje zitten. Dat leek me een goed teken. Maar toen trok ze haar truitje uit, wat beslist een slecht teken was. Ze draaide zich om, drapeerde het over de rugleuning en trok de korte mouwtjes breeduit, zodat ze golfden als stokrozen. Daarna keek ze me weer aan. Ze legde haar handen ineengevouwen op haar schoot. 'Ze zagen niet veel in mijn idee, geloof ik,' zei ze.

'Welk idee bedoel je?'

'Dat van de vrouw in de overgang. Weet je dat niet eens meer?'

'O ja,' zei ik.

Ik probeerde me de vrouw in de overgang weer voor de geest te halen.

'Tja,' zei ik na een korte stilte, 'misschien omdat onze aandacht meer op Kerstmis gericht was...'

'Nee, zo gaat het altijd. Nandina zegt zo vaak: "Je bent onmisbaar in het team, Peggy; ik zou niet weten wat we zonder jou zouden moeten beginnen, Peggy," maar als ik dan eens mijn mond opendoe word ik meteen onder-uitgehaald. Ze hebben vanochtend nog geen seconde nagedacht over wat ik zei, behalve om me uit te lachen omdat ik met de reparateur aan de praat was geraakt. Het is niet besproken, er is niet over gestemd; en dan zegt Nandina tegen Charles dat hij de enige is met inspi-ratie. Is je niet opgevallen hoe ze dat zei? Maar het was een goed idee! Ze hadden er meer aandacht aan moeten besteden!'

'Tja, ik vraag me af...' Ik probeerde nog steeds me te herinneren wat haar idee nu precies had behelsd. 'Ik vraag me af of ze het soms een tikje te... gespecialiseerd vonden.'

'Gespecialiseerd! De halve wereldbevolking komt in

de overgang. Het is niet wat je noemt een zeldzame exotische ziekte.'

'Ja, dat is zo, maar... Of misschien komt het alleen doordat het gezichtspunt ongewoon is. *De overgang voor beginners*, daar kan ik me iets bij voorstellen, maar *Je vrouw in de overgang voor beginners*? Dat lijkt op de verkeerde lezer gericht.'

'Dat is níét op de verkeerde lezer gericht,' zei Peggy. Ze zat nu met kaarsrechte rug en haar ineengevouwen handen zagen bij de vingertoppen wit. 'Het is precies gericht op degene die de informatie moet krijgen: de echtgenoot. Hij weet zich geen raad! Hij zegt: "Wat is er met dat mens aan de hand? Ik snap er niks van!" En dan zouden wij hem uitleggen wat ze doormaakt. We zouden hem vertellen wat ze van hem verlangt, dat ze zich nu nutteloos en verouderd voelt, en dat hij extra goed voor haar moet zorgen.'

Typisch Peggy om dat het belangrijkste te vinden. 'Hoor eens,' zei ik, 'ik begrijp wat je bedoelt, maar er zijn ook mensen die het helemaal niet prettig vinden als er drukte om ze wordt gemaakt; heb je daar wel bij stilgestaan? Als zijn vrouw zich nutteloos voelt wordt dat misschien juist erger als haar man haar gaat betuttelen. Misschien raakt ze daardoor júíst gepikeerd.'

'Dat is zo, zo echt iets voor jou,' zei ze.

'Wat?'

'Alleen jij zou op het idee komen om gepikeerd te raken als iemand iets aardigs voor je deed.'

'Ik bedoelde alleen maar...'

'Normale mensen zeggen: "Goh, dank je wel, lieverd. Hierdoor voel ik me een stuk prettiger. Hierdoor voel ik me geliefd en op waarde geschat."'

'Oké...'

'Maar jij: o nee. Jij doet zo overgevoelig, zo prikkelbaar; we lopen allemaal op eieren als jij in de buurt bent uit angst dat we iets verkeerds zouden kunnen zeggen.'

'Hoe zijn we zo opeens bij mij terechtgekomen?' vroeg ik.

'Het is niet eerlijk, Aaron. Je verwacht te veel van ons. We kunnen geen gedachten lezen! We doen allemaal maar gewoon ons best, hoor; wij weten het ook niet; we proberen gewoon zo goed en zo kwaad als het gaat ons leven te leiden, net als iedereen!'

Toen sprong ze op, maakte dat ze de kamer uit kwam en smeet de deur achter zich dicht.

Allemachtig.

Ik bleef met open mond achter, totaal in verwarring. Zelden had ik zo'n onlogisch gesprek meegemaakt. Punt A had niet naar punt B geleid, maar naar punt H. Naar punt X, Y en Z zelfs!

Ik had behoefte aan een boek getiteld *De krankzinnige secretaresse voor beginners*.

Hadden de anderen meegeluisterd? Die dramatisch dichtgesmeten deur kon hun in elk geval niet zijn ontgaan. Ik luisterde of ik stemmen hoorde, maar niets. Eigenlijk was het juist veel te stil.

Ik pakte het koekje van mijn vloeiblad en bestudeerde het. Ik was uit mijn doen. Ik had Peggy nog nooit eerder uit haar slof zien schieten.

Het was een koekje met havervlokken en schilfers chocolade. Geen plat schijfje, zoals je in de winkel koopt; het was een dik, bol bergje van een ding, bobbelig van de hele havervlokken en vol lekker grote stukjes chocolade, meer brokjes dan schilfers. Ik nam een klein hapje om te proeven. De chocolade bleef een paar seconden koel op mijn tong liggen voor hij smolt. Het deeg was precies lang genoeg gebakken – sommigen zouden het misschien nog ongaar vinden, maar ik niet – en het was stevig vanbinnen maar bros vanbuiten, met piepkleine scherpe stukjes van iets wat voor contrast in structuur zorgde. Noten misschien? Nee, geen noten. Harder dan noten; scherper dan noten. Ik kwam er niet uit. Terwijl ik zat te delibereren had ik blijkbaar het hele koekje opgegeten, en daarom wrikte ik het deksel van de trommel en nam er nog een. Ik moest weten wat het was. Ik nam een hap en kauwde bedachtzaam. De havervlokken waren duidelijk herkenbaar; ik vermoedde dat het de ouderwetse soort was, en niet de snelkokende. Een glas koude melk erbij zou lekker zijn geweest, maar je kunt niet alles hebben. Toen ik het tweede koekje ophad nam ik er nog een. En nog een. Ik voel me een beetje belachelijk als ik dit zeg, maar onder het kauwen deed ik mijn ogen dicht om beter te kunnen genieten van de verschillende structuren en om de oases van chocolade op mijn tong te voelen smelten. Dan slikte ik, opende mijn ogen en nam de volgende hap.

Peggy's koektrommel stond op mijn bureau, nog iets om van te genieten, om mijn ogen aan te laven, zou je kunnen zeggen. Voor elke tijd van het jaar had ze een passende trommel: een glimmend rode met Kerstmis, met de Kerstman op het deksel, met Pasen een lichtgroene met een haas met een mutsje op, dan die hortensia's tot het herfst werd en ze haar eikeltjesblik tevoorschijn haalde. Ik begon aan een nieuw koekje. Gestaag doorkauwend verschoof ik mijn blik naar het truitje dat ze over de rugleuning van de stoel had laten hangen. Het was me niet duidelijk hoe een truitje met korte mouwen veel warmte kon geven, maar ze leek erg op dit exemplaar gesteld; het was wit en bij de schouders zo'n beetje bij elkaar getrokken, zodat het zwierde als een cape. De mouwen waren afgezet met smalle tricot ruches (natuurlijk) en er liepen nog twee ruches langs het rechte stuk waar de knoopjes zaten. Tjonge, ik durfde er wat om te verwedden dat ze zelfs ruches aan haar ondergoed had. Ik bracht enkele aangename ogenblikken door met me dat voor te stellen: een beha met net zulk kant erlangs als dat papieren kleedje in de koektrommel, strakgetrokken waar het de zachte holte tussen haar borsten overbrugde. Ik stak mijn hand in de trommel om nog een koekje te pakken, maar zo te merken had ik ze allemaal opgegeten. Alleen nog kruimels. Ik drukte mijn vingertop erin en likte ze eraf, tot en met de laatste. Toen slaakte ik een diepe, voldane zucht, leunde achterover en draaide mijn stoel weer naar het raam.

Het was een achterraam op de begane grond met een dun laagje stof erop, en het keek uit op een haveloos bakstenen gebouw met afbladderende houten portieken. Onder die portieken stond een rij vuilnisemmers en lege melkkratten, en daarvoor, zo roerloos dat het even duurde voor het tot me doordrong, stond Dorothy.

Ze stond een meter of zeven bij me vandaan aan de overkant van het steegje en ik wist niet of ze me zag. Ze keek wel naar mijn raam. Haar armen hingen leeg langs haar lichaam en ze had haar schoudertas niet om. Daardoor zag ze eruit als iemand die zich geen houding weet te geven. Haast alsof ze zich verloren voelde. Ze scheen niet goed te weten waar ze nu naartoe moest.

Ik kwam haastig uit mijn stoel, maar voor ik het raam open kon doen draaide ze zich om en slenterde weg.

8

Toen ik een keer 's nachts wakker werd hoorde ik zachte stemmen in Nandina's slaapkamer. En een paar dagen later keek ik 's ochtends onder het scheren toevallig uit het badkamerraam en zag Gil Bryan van het huis naar de straat lopen, in zijn pick-up stappen, starten en zachtjes wegrijden.

Ik zat ze behoorlijk in de weg, dat was duidelijk. Hoog tijd dat ik weer thuis ging wonen.

Daar werd nog steeds gewerkt, zoals zowel Nandina als Gil opmerkte toen ik die avond vertelde wat ik van plan was. Maar in feite had ik al weken eerder terug kunnen gaan, als ik het niet erg vond 's ochtends die mannen nog even tegen te komen. Toen ik dat tegen Nandina en Gil zei, zeiden zij: 'O. Tja...' en: 'Als je het zeker weet...' en ze keken allebei opgelucht. Ik ging meteen na het avondeten inpakken. De volgende middag, een vrijdag, ging ik wat eerder van mijn werk weg en verhuisde.

Het grootste deel van mijn woning was kaal, het glom en galmde, ongerept als een leeg poppenhuis. Maar in mijn slaapkamer stond elke vierkante centimeter vol met verdwaalde meubels en dozen, en daarom installeerde ik me in de logeerkamer, die klein genoeg was om niet als opslagruimte in aanmerking te komen. Ik was blij een smoes te hebben om niet in mijn eigen bed te

hoeven slapen. Ik was geloof ik bang dat dat te veel herinneringen boven zou halen – niet aan de periode van
mijn huwelijk maar aan die weken nadat de eik was omgevallen, toen ik daar nacht na nacht in mijn eentje had
liggen piekeren over hoe ik nu verder moest.

Dat ik dat moment koos om terug te gaan was niet alleen om Gil en Nandina een plezier te doen. Ik zal eerlijk zijn. De andere reden, de belangrijkste reden, was
dat ik hoopte Dorothy daar te zien. In de twee weken
sinds ze voor mijn kantoorraam was verschenen had ik
geen spoor, geen glimp meer van haar opgevangen. Ik
had vergeefs naar haar uitgekeken op trottoirs, in men-
senmenigten en overal waar anonieme vreemden in de
rij stonden. Ik had onverwacht omgekeken als ik op een
kruispunt stond in de hoop haar achter me te betrappen.
Ik was onopvallend op openbare bankjes gaan zitten en
had mijn uiterste best gedaan haar mouw langs de mijne
te voelen strijken. Niets. Ze ontweek me.

Thuis concentreerde ik me op de plaatsen waar ze
zich al eerder had vertoond: de straat en de achtertuin.
Die zaterdag stond ik op toen het buiten nog nauwelijks
licht was, en na een geïmproviseerd ontbijt – twee mues-
lirepen uit een doos etenswaren in de slaapkamer – liep
ik een blokje om, waarbij ik mijn wandelstok zo goed als
geluidloos op de stoep liet neerkomen om de buren niet
wakker te maken. Het enige wat ik zag was een zwarte
poes, een beledigend paranoïde beest dat wegglipte zodra ik te dichtbij kwam. Het was zo leeg en stil dat ik me
te groot voelde. Ik was blij dat ik weer thuis was.

Toen de zon helemaal op was sleepte ik een gietijzeren
stoel uit de voortuin achterom. Ik zette hem op het ter-

ras en ging met mijn rug naar het huis zitten. Goeie god, het gazon was een puinhoop. We hadden een droge zomer achter de rug en het gras leek wel stro. De azalea's stonden er miezerig en verdord bij en de cirkel houtsnippers waar de eik had gestaan was zeker een paar decimeter ingeklonken.

Het zou wel een waanidee zijn te verwachten dat Dorothy hier zou komen. De achtertuin was veel te kaal. Nergens camouflage. Er waren niet genoeg schaduwvlekken die het schelle zonlicht onderbraken.

Ten slotte stond ik op, ging binnen mijn sleutels halen en reed naar de kruidenier, waar ik op grote schaal voorraden insloeg. Je zou hebben gedacht dat ik inkopen deed voor een gezin van tien personen. (Ik geloof dat het mijn idee was me te verschansen, in mijn grot te blijven wachten tot het Dorothy beliefde zich te laten zien, hoe lang dat ook mocht duren.) Weer thuis groef ik wat keukenspullen op uit de dozen in de slaapkamer en maakte een gewetensvol uitgebalanceerde lunch voor mezelf klaar – proteïnen, zetmeel, groene groente – waarna ik bij gebrek aan beter maar weer buiten in de gietijzeren stoel ging zitten. Na een paar minuten kwam ik weer overeind en rolde de tuinslang af. Het gras maakte een knisperend geluid onder mijn voeten. Ik zette de sproeier bij de azalea's, draaide de kraan op volle kracht open en ging weer zitten. En zo ontdekte ik wat een genot het is om de besproeiing van een gazon gade te slaan.

Ik kon de dankbaarheid van het gras voelen, dat zweer ik. De vogels leken er ook blij mee. Er verscheen een kleine zwerm vanuit het niets, alsof het nieuws op de een of andere manier de ronde had gedaan, en ze kwetterden, tjilpten en fladderden in de druppels. Mijn stoel was te recht, zodat ik onnatuurlijk rechtop moest zitten, en de krullen en tierlantijnen prikten in mijn ruggengraat, maar toch had ik een door en door vredig gevoel. Met opgeheven gezicht en toegeknepen ogen tegen de zon volgde ik de boog van de sproeier, die naar links en naar rechts zwierde, als een jong meisje dat onder het lopen haar rok laat deinen.

Ik verzoop die tuin zo ongeveer.

Pas vroeg in de avond, toen de muggen begonnen te steken, draaide ik de kraan dicht. Ik ging naar binnen om te koken en na het eten ging ik in het onpraktische breistoeltje in de hoek van de logeerkamer zitten en probeerde een poosje te lezen. Maar ik was zo onverklaarbaar, onweerstaanbaar slaperig dat ik mijn boek algauw weglegde en naar bed ging. Ik sliep zonder ook maar een vin te verroeren, geloof ik, tot de volgende ochtend bij negenen.

Het eerste deel van de zondagochtend gebruikte ik om diverse dozen uit de slaapkamer naar de keuken te slepen en pannen, serviesgoed en etenswaren terug te zetten in de kastjes, die naar nieuwe verf roken. Ik genoot ervan overal de beste plaats voor te zoeken. Dat had ik vroeger nooit kunnen doen, althans niet in de hoop dat het daar ook zou blijven staan, niet met Dorothy in de buurt.

Toen ik mezelf op die gedachte betrapte wendde ik abrupt mijn hoofd af, alsof ik hem kon afschudden.

Zodra ik had uitgepakt wat ik kon ging ik weer naar buiten, als een sportfan die niet bij de wedstrijd weg kan blijven. Het gras was nog steeds gelig wit, al knerpte het niet meer. Ik verplaatste de sproeier naar de kardinaalsmuts langs het steegje, waarbij ik bij elke stap in de doorweekte aarde zakte, zette de kraan open en installeerde me weer in mijn stoel.

Ik was er inmiddels achter dat ik, wanneer het zonlicht de straal op een bepaalde manier bescheen, af en toe bijna dingen kon zien. Dingen die er niet echt waren, bedoel ik. Niet Dorothy, jammer genoeg. Maar een keer zag ik een soort zuil, een sierlijke Korinthische zuil die oprees, bovenaan uiteensprong en dan oploste in kleine deeltjes, en een andere keer een vrouw in een lange beige jurk met een tournure. En weer een andere keer – dat was het vreemdste – zag ik een hele schommelset, en een man in hemdsmouwen die een klein kind duwde in zo'n stoelachtig zitje dat bedoeld is voor baby's en peuters. Ik zag uiteraard ook een heleboel regenbogen en talloze lakens van changeant tafzijde die zich over het gazon ontrolden en uitspreidden.

Maar geen Dorothy.

Ik zag een vrouw met een paraplu maar – hé! – die was echt. Het was Mimi King, ze stond aarzelend bij de kardinaalsmutsstruiken en hipte van de ene voet op de andere als een meisje dat aanstalten maakt om de boog van het springtouw in te springen, tot ze zich ten slotte in de sproeistraal stortte, er aan de andere kant uitkwam en haar paraplu uitschudde voor ze hem dichtklapte. 'Hé, hallo, Aaron!' riep ze; ze kwam zompend op haar zondagse hoge hakken naar me toe en liet onderweg ongetwijfeld tentharingachtige putjes achter. Toen ze bij me was stond ik op en zei: 'Goeiemorgen, Mimi.'

'Als je zo doorgaat kweek je nog een regenwoud om je heen!' zei ze.

'Ik moet mijn steentje bijdragen aan de planeet.'

Ze zette de punt van haar paraplu tussen haar voeten en legde haar handen op het handvat. 'Ben je weer terug?' vroeg ze.

'Het leek me wel tijd.'

'Iedereen was bang dat je weleens voorgoed weg zou kunnen zijn.'

'Nee, hoor,' zei ik, alsof ik dat zelf eerst niet ook had gedacht.

'Ik had het er vorige week nog met Mary-Clyde over; ik zei: "Moet iemand hem niet laten weten dat die maaidienst van hem gras maait dat er helemaal niet meer is?" Maar Mary-Clyde zei: "O, dat weet hij vast wel; hij heeft die bouwvakkers rondlopen. Die hebben het vast wel tegen hem gezegd." "Nou, dat weet ik nog zo net niet," zei ik. "Volgens mij hebben bouwvakkers niet veel oog voor gazons."'

'Wil je niet even gaan zitten, Mimi?' vroeg ik. Ik vond het vervelend van haar schoenen, waar zeker een centimeter modder op aangekoekt zat met vochtige gele grassprieten erin.

Maar zij volgde haar eigen gedachtegang. 'Het is net alsof het zo heeft moeten zijn,' zei ze, 'want ik liep al te denken dat ik je eens een avond te eten wilde vragen.'

'O, tja, ik ben niet – niet...'

'Ik zou je graag aan mijn nicht voorstellen. Die heeft het zwaar sinds ze haar man heeft verloren, en ik dacht dat het haar goed zou doen om eens met jou te praten.'

'Mijn hoofd staat niet zo naar sociaal zijn,' zei ik.

'Natuurlijk niet! Denk je dat ik dat niet begrijp? Maar dit is iets anders. Louise heeft de ochtend voor Kerstmis haar man verloren, stel je voor! Het arme mens is er kapot van.'

'De ochtend voor Kerstmis?' zei ik. 'Heb ik niet al over die vrouw gehoord?'

'Ah, mooi, dus je weet ervan! Ze had geaccepteerd dat hij terminaal ziek was, maar het was geen moment bij haar opgekomen dat hij de dag voor Kerstmis zou overlijden.'

'Ja,' zei ik, 'ze zal wel nooit meer kerst kunnen vieren zonder eraan te denken.'

Ik probeerde alleen maar meevoelend te klinken, maar blijkbaar slaagde ik daar te goed in, want Mimi wierp me een verbaasde blik toe en zei: 'Precies! Zie je wel! Jij zou haar zoveel kunnen vertellen!'

'Nee, nee,' zei ik haastig. 'Nee, echt niet, ik heb echt geen... huis-, tuin- en keukentips of zo voor haar.'

'Huis-, tuin- en keukentips?'

'Bovendien ben ik nog wel een poos druk met alles op orde brengen. Goeie genade, het is me hier een rommeltje! Alles is in één kamer gepropt: meubels, boeken, snuisterijen, lampen, gordijnen, kleden...'

Ik verdreef haar ten slotte met woorden. Ze wuifde naar me met een slap handje, liep terug naar het steegje en klapte haar paraplu weer open toen ze de sproeier naderde, al was ik zo galant geweest zodra ze aanstalten maakte te vertrekken de kraan dicht te doen. Ik moest trouwens toegeven dat het gazon nu wel genoeg water had gekregen.

Nu ik mezelf aan de rommel in de slaapkamer had herinnerd ging ik die na de lunch maar eens te lijf. Het had nog niet veel zin om dingen op hun plaats te zetten, omdat ze de werklieden alleen maar in de weg zouden staan, maar ik nam aan dat ik wel alvast het een en ander kon wegdoen. Dorothy's medische boeken bijvoorbeeld, en misschien wat van die decoratieve prullaria die de gewoonte hebben zich op te stapelen zonder nuttig doel.

Het bleek dat er heel wat boeken vochtig waren geworden, niet alleen van Dorothy maar ook van mij. Ze waren in de tussenliggende maanden min of meer opgedroogd, maar de omslagen waren kromgetrokken en ze roken schimmelig en muf. Ik maakte de ene doos na de andere open, grasduinde er mistroostig in en sleepte ze dan naar de gang zodat Gils mannen ze naar buiten konden dragen. Ik probeerde wel enkele van mijn lievelingsbiografieën te redden, en de albums met familiefoto's. Die had ik me na moeders dood toegeëigend, en ik voelde me schuldig dat ze er nu zo aan toe waren. Ik nam ze mee naar de keuken, waar ik ze op tafel en op alle beschikbare werkvlakken uitspreidde en de vaal geworden zwarte bladen van elkaar lostrok in de hoop dat ze zo goed zouden opdrogen.

Met de prullaria was ik minder teergevoelig. Wat konden mij mijn bronzen babyschoentjes schelen? (Een paar piepkleine Nikes; wat geestig.) Of het porseleinen klokje dat altijd achterliep, of de tulpvormige vaas die we bij ons trouwen van iemand hadden gekregen?

Mijn avondeten at ik staande, omdat de tafel vol albums lag. Terwijl ik op mijn taco kauwde slenterde ik de keuken rond en bestudeerde sepiakleurige foto's. Mannen met hoge boorden, vrouwen met wijde pofmouwen, ernstige kinderen in kleren die zo stijf leken als het bord van een sandwichman. Er stond nergens een naam bij. Vermoedelijk dacht de fotoplakker dat dat bij die mensen niet nodig was: in die tijd, die kleinere wereld, wist iedereen wie iedereen was. Maar toen werd sepia zwartwit, en daarna schel Kodacolor, en bij die foto's stond ook nergens een naam: niet bij mijn ouders toen ze trouwden, of bij Nandina in haar doopjurk of bij ons tweeën op een kinderverjaarspartijtje. En ook niet bij dat ene kiekje van mijn eigen huwelijk: Dorothy en ik zij aan zij voor de ingang van de kerk van mijn ouders, en allebei ogen we onzeker en niet op ons gemak. Slecht gekleed zijn we ook: ik in een bruin pak waar mijn polsen uit steken, Dorothy in een knalblauwe tricotjurk die te strak om de ronding van haar buik spant. Een vreemde die dit album over vijftig jaar op een vlooienmarkt ergens op een parkeerplaats ontdekt, zou een vluchtige blik op ons werpen voor hij verder bladerde, niet eens genoeg in ons geïnteresseerd om zich af te vragen wie we waren geweest.

Gils mannen en ik ontmoetten elkaar nauwelijks, omdat we zulke verschillende uren aanhielden. Zij kwamen elke doordeweekse ochtend als ik net klaar was met mijn ontbijt. Ze hadden kartonnen bekers koffie bij zich, die stoomden in de ochtendkoelte, en veegden nadrukkelijk hun voeten op de gangmat om me te laten horen dat ze er waren. Nadat we wat opmerkingen over het weer hadden uitgewisseld ging ik naar mijn werk, en als ik terugkwam waren zij al weg en was het enige wat ze hadden achtergelaten het hoopje eigendommen op een verfrommeld stoflaken in een hoek van de woonkamer. Maar er hing wel iets in de lucht, iets anders dan de geur van hun sigarettenrook. Ik kreeg het gevoel dat ik een gesprek had onderbroken over rijkere, vollere levens dan het mijne, en als ik door de kale kamers zwierf was dat niet alleen om me mijn huis weer toe te eigenen; ik deed het ook, een klein beetje maar, in de hoop dat er misschien iets van die rijkdom voor mij was achtergebleven.

Maar toen ik die vrijdag thuiskwam waren er nog twee mannen. De ene was bijna klaar met het vernissen van de vloer in de serre terwijl de andere rondliep en verfblikken, kwasten en rollers in een doos stopte. 'We hadden gedacht dat we nu wel weg zouden zijn,' zei die met de doos tegen mij, 'maar toen kocht Gary hier de verkeerde kleur vernis en raakten we ietsje achterop.'

'Daar kon ik niks aan doen, man!' zei Gary. 'Dat was Gil, die had het verkeerde nummer opgeschreven.'

'Maakt niet uit,' zei de ander, en toen tegen mij: 'In elk geval, we zijn klaar. Hopelijk is het allemaal naar je zin.'

'Bedoel je dat jullie kláár klaar zijn?' vroeg ik.

'Jep.'

'Er hoeft niks meer gedaan te worden?'

'Alleen als jij nog wat weet.'

Ik keek rond. Alles was smetteloos: de woonkamerwanden glanzend wit, de nieuwe boekenplanken in de serre hoefden alleen nog maar vol gezet te worden. Iemand had de laatste restjes zaagsel bijeengeveegd en de kartonnen bekers en de asbakdekseltjes waren verdwenen, en ik voelde me vreemd verloren.

'Nee,' zei ik, 'ik zou niks meer weten.'

Gary kwam overeind en legde zijn kwast boven op het blik. 'En nou niet meteen d'roverheen gaan lopen, hè?' zei hij. 'Vierentwintig uur wachten. En dan de eerste paar dagen of zo wel je schoenen aanhouden. Je houdt niet voor mogelijk hoeveel mensen denken hun vloer een dienst te bewijzen door hun schoenen uit te trekken en er op kousenvoeten op te lopen. Maar dat is echt het ergste wat je kunt doen.'

'Erger bestaat niet,' zei de andere man instemmend.

'Je lichaamswarmte...' zei Gary.

'Pluizige oude sokken...'

'Je voetzolen die platgedrukt worden tegen het hout...'

Ze stonden nog steeds hoofdschuddend te lamenteren toen Gil de voordeur opende. Ik wist dat het Gil was omdat hij altijd klopte voor hij zichzelf binnenliet. 'Hé, jongens,' zei hij toen hij in de doorgang naar de woonkamer verscheen. 'Hé, Aaron.'

'Hoi, Gil.'

'Hoe staat 't hier?'

'Net aan het opruimen, baas,' zei de man met de doos.

Gil liep naar de serre om de vloer te inspecteren. 'Ziet er goed uit,' zei hij, en toen tegen mij: 'Maar wel vierentwintig uur wachten voor je erop loopt, en de eerste paar dagen daarna...'

'Ik weet het: niet op kousenvoeten,' zei ik.

'Erger bestaat niet,' zei hij.

Hij liep met de mannen mee naar de gang, sloeg Gary op zijn schouder en herinnerde hen eraan dat ze maandagochtend vroeg bij mevrouw McCoy werden verwacht. (Ik voelde een steek kinderlijke jaloezie.) Daarna kwam hij terug naar de woonkamer.

'Zo,' zei ik. 'Ik hoor dat jullie helemaal klaar zijn.'

Mijn stem galmde hol door de lege kamer.

'Het is weer zo goed als nieuw,' zei Gil.

'Beter dan nieuw zelfs,' zei ik. 'Ik stel het op prijs hoe zorgvuldig je het allemaal hebt gedaan, Gil.'

'Ik sta altijd voor je klaar, hoor. God verhoede.'

'God verhoede,' beaamde ik.

'Maandag stuur ik wel een paar mensen om de meubels terug te zetten. Wil je daarbij zijn?'

'Nee, niet nodig. Het spreekt min of meer vanzelf, in zo'n klein huis.'

Hij knikte. Toen draaide hij om zijn as om de kamer op te nemen. 'En glazenwassers,' zei hij. 'Die heb je ook nodig. Als je wilt heb ik wel een lijst namen voor je.'

'Nandina weet vast wel iemand.'

'O,' zei Gil opeens.

Hij sloeg een hand tegen de rechtervoorzak van zijn kakibroek. Het gebaar had iets gemaakts dat mijn aandacht trok. 'Tussen haakjes,' zei hij quasinonchalant. Hij haalde een klein blauwfluwelen doosje uit zijn zak, overduidelijk zo een waar een ring in zat.

'Oho!' zei ik.

'Ja, ach...'

Hij liet het deksel openklikken en kwam dichterbij om me te laten kijken. (Ik ving een sterke aftershavegeur op.) De ring was geelgoud, met een kleine, fonkelende diamant erin.

'Wat een mooie,' zei ik. 'Voor wie is hij?'

'Ha ha ha.'

'Weet ze er al van?'

'Alleen in theorie. We hebben het al wel over trouwen gehad. Jeetje, eigenlijk had ik het jou eerst moeten vragen. Je om haar hand moeten vragen of zo, bedoel ik.'

'Neem maar,' zei ik met een luchtig gebaar.

'Bedankt.' Hij grijnsde. Toen keek hij weer naar de ring. 'Ik weet wel dat het best een kleine steen is, maar volgens de juwelier is hij loepzuiver. Nog niet het kleinste vlekje, zei hij. Ik moest het maar van hem aannemen. Zou ik een vlekje herkennen als ik het zag?'

'Ze zal hem prachtig vinden,' zei ik.

'Ik hoop het.' Hij stond hem nog steeds te bestuderen.

'Hoe wist je welke maat je moest kopen?'

'Ik heb die ring met die opaal van haar een keer nagetekend toen ze onder de douche stond.'

Hij werd rood en keek me even aan, misschien ongerust dat hij te veel had losgelaten, en ik zei: 'Nou, geweldig. Ik zou niemand weten die ik liever als zwager zou krijgen.'

'Bedankt, Aaron.' Hij klapte het doosje dicht en stopte het weer in zijn zak. 'Er is ook nog een bijpassende trouwring, maar voor ik die koop wilde ik eerst zeker weten dat Nandina deze mooi vindt. Ik weet al dat ze wil dat ik ook een ring draag.'

'Ja, zo gaat dat tegenwoordig,' zei ik. Ik wilde mijn linkerhand al optillen om hem mijn ring te laten zien, die ik nog omhad, maar toen dacht ik... ik weet niet. Ik kreeg het gevoel dat dat misschien tactloos zou zijn geweest.

Een stel dat trouwringen koopt wil er echt niet aan worden herinnerd dat een van beiden die ring op een

dag van een verpleegkundige of een begrafenisonderne-
mer zal moeten aannemen.

Het was maar lastig om tot maandag te moeten wachten
voor de meubels weer op hun plaats kwamen te staan. Ik
maakte alvast een beginnetje: sleepte het woonkamerta-
pijt terug en rolde het uit, zette enkele lichte spullen
waar ze hoorden. En toen zaterdagavond de serrevloer
droog was installeerde ik de weinige boeken die ik nog
overhad op de nieuwe boekenplanken. Ik haalde de fo-
toalbums uit de keuken en zette ze op volgorde, de oudste vooraan. Zelfs het meest recente was niet zo héél re-
cent. De laatste foto in dat album – moeders vlinderstruik in volle bloei – volgde meteen op onze trouwfoto,
dus ik veronderstelde dat hij van eind zomer 1996 was.
Of op zijn laatst van '97, omdat mijn vader begin '98 gestorven was, en hij was bij ons thuis degene die de foto's
nam.

Dat van die foto's zonder bijschrift deed me denken
aan die oeroude begraafplaatsen waar de namen van de
grafstenen gesleten zijn, zodat je niet meer kunt zien
wie er ligt. Dan zie je zo'n kleine, grijze steen met een
lammetje erop dat wel gesmolten lijkt, en weet je dat de
gestorvene iemands dochtertje moet zijn geweest, maar
zelfs dan kun je haar naam of de woorden die de ouders
hebben gekozen om te zeggen hoe ze haar missen, niet
ontcijferen. Het zijn niet meer dan lukrake moeten in
de steen, en die ouders zijn zelf ook allang gestorven en
alles is vergeten.

Zelfs mijn moeders vlinderstruik trof me, met zijn
protserige bloemtrossen in hard knalpaars. Hoewel die

struik in feite nog bestond: midden bij Nandina in de achtertuin, waar ik hem altijd zag als ik de vuilnis buiten zette.

Op onze trouwfoto had Dorothy haar schoudertas natuurlijk niet om, maar haar handtas was bijna net zo dik en functioneel: een zware bruinleren rechthoek met de band op diezelfde diefstal-werende manier schuin over haar borst. 'Wil je dat ik een witte jurk aandoe?' had ze gevraagd. 'Dat kan wel, hoor. Dat zou ik niet erg vinden. Ik zou onze receptioniste kunnen vragen met me naar een zaak te gaan die ze kent. Ik dacht misschien iets, nou, niet strapless of zo, maar misschien met een boothals, wit maar niet glimmend, geen kant, een beetje glanzend wit, weet je wat ik bedoel? En dan dacht ik aan een boeket met alleen witte bloemen. Gipskruid en witte rozen en... is oranjebloesem wit? Ik weet dat het niet oranje is, al klinkt het wel zo. Ik heb het niet over een sluier of zoiets. Maar iets elegants en klassieks, speciaal voor de gelegenheid. Wat vind jij?'

'O, god, nee. Goeie hemel, nee,' zei ik.

'O.'

'Daar zijn we hemel zij dank geen van beiden het type voor,' zei ik.

'Nee, natuurlijk niet,' zei ze.

Op de foto staat het blauwe tricot haar niet zo goed, maar in het echt had ze er prima uitgezien, voor zover ik me herinner. (Op foto's zien mensen er vaak frummeliger uit, is je dat weleens opgevallen?) Hoe dan ook, ik had nooit veel aandacht besteed aan zulke details. Toentertijd was ik alleen maar blij dat ik de vrouw had binnengehaald die ik wilde. En ik geloof dat zij ook blij was met mij – het regelrecht tegenovergestelde van die behoeftige 'huisgenoot' die te veel van haar had verlangd.

Waarom was ons huwelijk dan zo ongelukkig?

Want dat was het. Dat kan ik nu wel zeggen. Of in elk geval moeilijk. Asynchroon. Ongecoördineerd. Het leek wel of we het nooit helemaal onder de knie kregen om een stel te zijn, zoals andere mensen. We hadden les moeten nemen of zo; dat houd ik mezelf nu voor.

Toen het een keer tegen onze trouwdag liep – de vijfde, geloof ik – stelde ik voor om uit eten te gaan. 'Ik dacht aan de Old Bay,' zei ik. 'Het allereerste restaurant waar ik je mee naartoe heb genomen.'

'De Old Bay,' zei ze. 'Kom nou. Weet je niet meer dat we daar het menu niet eens konden lezen?'

'O, oké,' zei ik, maar wel een tikje teleurgesteld. Je zou toch denken dat ze er in elk geval om sentimentele redenen mee had kunnen instemmen. 'Waar dan?' vroeg ik.

'Bij Jean-Christophe misschien?'

'Jean-Christophe! Goeie god!'

'Wat is daar mis mee?'

'Jean-Christophe is zo pretentieus. Je krijgt er tussen de gangen door van die minieme liflafjes voorgezet, en dan moet je heel verrast en dankbaar doen.'

'Nou, dan doe je dat níét,' zei ze. 'Dan blijf je gewoon met je armen over elkaar kwaad zitten kijken.'

'Heel grappig,' zei ik. 'Hoe kom je in vredesnaam bij Jean-Christophe? Is dat weer zo'n idee van je receptioniste? Toen jij en ik met elkaar gingen bestond Jean-Christophe nog niet eens.'

'O, ik had niet door dat het historische betekenis moest hebben?'

'Dorothy,' zei ik, 'wil je soms liever gewoon thuisblijven?'

'Ik heb toch al ja gezegd? Maar dan kom jij niet verder dan die duffe ouwe zaak waar je ouders vroeger kwamen. En als ik daar niet meteen enthousiast over doe ben jij op je teentjes getrapt en wijst alles af wat ik voorstel.'

'Ik heb niet "alles" afgewezen; ik heb Jean-Christophe afgewezen. Ik heb het nou eenmaal niet op restaurants waar de obers meer aandacht opeisen dan mijn tafelgenoot.'

'Waar zou je dan wél naartoe willen?'

'Ach wat,' zei ik, 'kan mij het schelen. Laten we maar gewoon naar Jean-Christophe gaan.'

'Waarom zouden we de moeite doen, als het jou toch niet kan schelen?'

'Probeer je nou doelbewust me verkeerd te begrijpen?' vroeg ik. 'Het kan me wél schelen dat we samen gezellig uit eten gaan, liefst zonder het gevoel dat we in een toneelstuk zitten of zo. En ik dacht dat we dat ergens zouden kunnen doen waar we met ons tweeën herinneringen aan hebben. Maar als jij per se naar Jean-Christophe wilt, prima; dan gaan we naar Jean-Christophe.'

'Jean-Christophe was maar een voorstel. Er is keus genoeg.'

'Zoals?'

'Nou, wat dacht je van Bo Brooks?'

'Bo Brooks! Een krabtent? Voor onze trouwdag?'

'We zijn vóór ons trouwen een paar keer bij Bo Brooks geweest. Het voldoet in elk geval aan het herinneringencriterium.'

'Ja, maar...'

Ik zweeg en keek haar aan.

'Je snapt het echt niet, hè?' zei ik.

'Wat snap ik niet?'

'Laat maar.'

'Als jij weigert erover te praten zal ik het nooit snappen ook,' zei ze, en nu gebruikte ze haar doktersstem, haar superkalme, laten-we-redelijk-blijven stem. 'Als je eens gewoon bij het begin begon, Aaron, en me precies vertelde wat jij voor het etentje voor onze trouwdag voor ogen hebt.'

'Maar wat heb jíj dan voor ogen?' vroeg ik. 'Is het je te veel moeite om zelf iets te verzinnen?'

'Ik heb al een idee geopperd. Twee ideeën zelfs, voor zover ik me herinner, en die heb jij allebei verworpen. Dus nu ligt de bal weer bij jou, Aaron.'

Waarom vertel ik dit eigenlijk?

Dat weet ik niet meer.

En ik weet ook niet meer waar we uiteindelijk zijn gaan eten. Ergens, ik weet niet meer waar; dat ben ik vergeten. Wat ik niet vergeten ben is dat vertrouwde, vermoeide, hulpeloze gevoel, het gevoel dat we opgesloten zaten in een soort hamsterkooi, waarin we koppig met elkaar bleven vechten zonder dat een van beiden ooit won.

Ik stond bij de gootsteen groenten voor mijn avondeten te wassen, en toen ik me omdraaide om een handdoek te pakken zag ik Dorothy.

'Daar ben je,' zei ik.

Ze stond naast me, zo dichtbij dat ze een stukje achteruit had moeten gaan toen ik me omdraaide. Ze had een van haar effen witte blouses aan en haar gebruikelijke zwarte broek, en haar gezicht stond ernstig en beschouwend – ze had haar hoofd schuin en haar wenkbrauwen opgetrokken.

'Ik dacht dat je misschien niet meer terug zou komen,' zei ik.

Dat leek haar niet te verrassen, ze knikte alleen en bleef me opnemen, zodat het leek alsof ik gelijk had gehad met mijn gepieker.

'Kwam het door de koekjes?' vroeg ik. 'Was je van streek doordat ik Peggy's koekjes had opgegeten?'

'Je had moeten zeggen dat je zo graag koekjes lustte,' zei ze, en ik wist niet meer waarom ik er ooit aan had getwijfeld dat ze hardop praatte tijdens die bezoekjes, want haar stem was volkomen echt: laag en een tikje vlak, heel gelijkmatig van toon.

'Wat? Ik geef niks om koekjes!' zei ik.

'Dan had ik die voor je kunnen bakken,' zei ze.

'Waar heb je het over? Waarom zou ik willen dat je koekjes bakte? Goeie god, waarom verspillen we onze tijd door het over kóékjes te hebben?'

'Jij begon erover,' zei ze.

Had ik deze hele situatie al eerder beleefd? Ineens was ik doodmoe.

'Eerst dacht ik dat het je moeders schuld was. Dat was zo'n bemoeial; geen wonder dat je anderen zo op afstand hield. Maar toen dacht ik: nou ja, schuld. Wie kan zeggen waarom we ons door de ene persoon meer laten beïnvloeden dan door de andere? Waarom niet je vader? Dat was géén bemoeial.'

'Ik hield anderen op afstand?' zei ik. 'Dat is niet eerlijk, Dorothy. Kijk eens naar jezelf! Jij hield je witte jas nog aan als we uit eten gingen; en dan die grote schoudertas van je. "Ik ben dokter Rosales," zei je dan. Altijd zo druk, zo zakelijk. Koekjes bakken? Je zette nog niet eens thee voor me als ik verkouden was!'

'En als ik dat wel had gedaan? Hoe zou jij dan hebben gereageerd?' vroeg ze. 'Je zou de kop hebben weggemept, dat geef ik je op een briefje. O, het zat me altijd zo dwars als ik zag wat mensen van me dachten. Je moeder en je zus, de mensen op je werk... Dan zag ik jullie secretaresse denken: die arme, arme Aaron, wat is zijn vrouw toch onverschillig. Zo weinig zorgzaam, zo stijf. Die waardeert hem niet half zo als wij allemaal doen. Het liefst zou ik tegen haar hebben gezegd: "Waarom is hij niet met een ander getrouwd als hij zo graag verzorgd wilde worden? Denk je dat hij en ik ooit getrouwd zouden zijn als ik me anders had gedragen?"'

'Dat was niet de reden dat we zijn getrouwd,' zei ik.

'O nee?' vroeg ze.

Ze wendde zich af en tuurde uit het raam boven de gootsteen. Al eerder had ik de sproeier weer aangezet, en ik zag hoe haar ogen de heen-en-weerbeweging volgden. 'Er was me een baan aangeboden in Chicago,' zei ze op peinzende toon. 'Dat heb jij nooit geweten. Door een van mijn oude hoogleraren, iemand tegen wie ik opkeek. Hij bood me een veel betere baan aan dan ik hier had – niet beter betaald misschien, maar met meer prestige en interessanter. Ik voelde me vereerd dat hij zich mij zelfs nog herinnerde. Maar ik was net voor het eerst met jou naar de film geweest en ik kon aan niets anders denken dan aan jou.'

Ik staarde haar aan. Ik had een gevoel alsof er in mijn hoofd met zware meubels werd geschoven.

'Zelfs toen we al getrouwd waren,' zei ze. 'Af en toe had ik een patiënt die een beugel of een spalk of zoiets droeg met een klittenbandsluiting, en als die zich dan in de behandelkamer uitkleedde hoorde ik in mijn spreekkamer dat scheurende geluid als het klittenband losging, en dan dacht ik: o! Dan dacht ik aan jou.'

Ik wilde dichter bij haar gaan staan maar was bang haar weg te jagen. En ze leek me niet aan te moedigen. Ze hield haar gezicht naar het raam, haar ogen op de sproeier gericht.

'Ik denk dat ik dat berberisdoorntje voor jou had bewaard,' zei ik.

Ik wist niet zeker of ze zou begrijpen wat ik bedoelde, en daarom ging ik door: 'Maar niet om jou een schuldgevoel te bezorgen over dat reisje naar L.A. Alleen, weet ik veel, onbewust om... nou, om je duidelijk te maken dat ik je nodig had, zoiets.'

Nu keek ze me wel aan.

'We hadden naar Bo Brooks moeten gaan,' zei ik. 'Wat maakt het uit dat het een krabtent is? Dan hadden we ons uitvoerig opgedoft, jij in die mooie lange witte jurk waarin je getrouwd bent en ik in mijn smoking, en dan waren we buiten op het plankier gaan eten, tussen al die mensen in tanktops en jeans. Die zouden ons aanstaren als we langsliepen en dan wuifden wij minzaam, met zo'n slap handje, net zoals koningin Elizabeth, en dan lachten en applaudisseerden ze. Jouw sleep zou wel een beetje lastig zijn – die zou aan de splinterige planken blijven haken – en daarom zou ik die met twee armen optillen en achter je aan naar ons tafeltje dragen. "Twee dozijn van jullie jumbo's en een kan koud bier," zou ik tegen de serveerster zeggen als we zaten; zij zou de grote vellen bruin papier uitrollen en daar kwamen de krabben al aan, dampend heet, een grote, oranje, kruidige berg tussen ons in.'

Dorothy zei nog steeds niets, maar ik zag haar gezicht zachter worden. Misschien was daar zelfs het begin van een glimlachje.

'De serveerster zou vragen of we een slab wilden, maar wij zouden nee zeggen: dat was voor toeristen. En dan pakten we onze hamers en dan zaten we daar te timmeren als peuters in het knutseluurtje, en de stukken schaal vlogen alle kanten op en bleven aan jouw jurk en mijn smoking plakken, maar daar zouden we alleen maar om lachen; wat kon ons dat schelen? We zouden erom lachen en gewoon doorhameren.'

Nu glimlachte ze echt, en haar gezicht leek wel te stralen. Eigenlijk straalde ze zelfs helemaal, en toen werd ze wazig en doorzichtig. Het leek wel een beetje op wat je ziet als je je ogen zo ver als het gaat zonder je hoofd te draaien naar links laat gaan, om een glimp van je eigen profiel op te vangen. Eerst is je profiel er nog en dan deels niet meer; het is alleen nog maar een spoor van een silhouet. En toen was ze helemaal weg.

9

Daarna heb ik Dorothy niet meer teruggezien. Ik bleef eerst nog wel naar haar uitkijken, maar ik geloof dat ik vanbinnen eigenlijk al wist dat ze voorgoed weg was.

Tegenwoordig loop ik de achtertuin in zonder ook maar een moment te verwachten haar te zien. Ik til Maeve in haar peuterzitje, laat haar zachtjes schommelen en het enige wat door mijn hoofd gaat is wat een mooie zaterdagochtend het is. Zelfs zo vroeg op de dag voelt de zonneschijn al als smeltend vocht op mijn huid.

'Meer, pappa! Meer!' zegt Maeve. 'Meer' is haar lievelingswoord, en dat zegt veel over haar. Meer knuffels, meer versjes, meer kietelspelletjes, meer van de wereld in het algemeen. Ze is zo'n kind dat dolblij lijkt op deze planeet te zijn beland – een stoere blonde wildebras met een voorliefde voor denim tuinbroeken en hoge gympjes, om beter te kunnen klimmen, rennen, van bergjes afrollen, kattenkwaad uithalen.

Ik ben er een expert in geworden de achterkant van het schommelzitje precies in het midden vast te grijpen, zodat ik het zelfs eenhandig loodrecht naar voren kan sturen. Als het terugkomt duw ik het hoger door mijn open hand tegen de bol denim te zetten die tussen de spijltjes door puilt. (Onder haar tuinbroekje draagt Maeve nog een luier. Daar werken we nog aan.) Ze buigt dubbel over de stang voor haar en wriemelt uitgelaten met haar beentjes, waardoor ze uit de koers raakt, maar ik ben geduldig: als de schommel weer op me af komt grijp ik de bovenste lat beet en laat haar opnieuw beginnen. We hebben een paar uur zoek te brengen voor haar moeder thuiskomt met de boodschappen.

'Daar gaat-ie,' zeg ik, en Maeve zegt: 'Wiiieee!' Ik weet niet hoe ze daaraan komt. Het is een woord dat mij aan strips doet denken, en ze spreekt het ook precies zo uit, zodat ik het bijna in een ballonnetje boven haar hoofd gedrukt kan zien staan.

Er is een tijd geweest dat het idee te hertrouwen ondenkbaar voor me was. Ik kon het niet bevatten. Toen Nandina het een of twee keer liet vallen als een mogelijkheid voor mijn verre toekomst bleef het me zwaar op de maag liggen. Ik voelde me als iemand die vlak nadat hij zwaar heeft getafeld aan eten denkt. 'O, dat verandert op den duur nog wel,' zei Nandina op die betweterige manier van haar. Ik keek haar alleen maar nijdig aan. Ze had echt geen idee.

Het kerstfeest nadat Gil en zij zich hadden verloofd gingen we net als anders bij tante Selma eten, alleen ging Gil nu ook mee. En onderweg daarnaartoe – ik reed – liet Nandina achteloos vallen dat Roger en Ann-Marie Louise zouden meenemen, de vriendin van Ann-Marie. Ik voelde meteen nattigheid. Ik wist maar al te goed wie die Louise moest zijn. Dat was de beroemde weduwe-op-de-dag-voor-Kerstmis, degene die de dood van haar man vermoedelijk prima aan had gekund als hij niet vlak voor een feestdag was gestorven. Jazeker, ik zag de machinerie al in werking.

'Dit zou een famílieaangelegenheid zijn,' zei ik tegen Nandina.

'Dat is het ook!' zei ze monter.

'Ik zou de onbekende kennis van de derde vrouw van onze neef geen familie willen noemen.'

'Goeie genade, Aaron! Het is Kerstmis! Het moment waarop je mensen uitnodigt die nergens anders naartoe kunnen.'

'Wat, is ze dakloos?'

'Ze is... weet ik veel. Misschien woont haar familie wel aan de andere kant van het land. En deze periode heeft voor haar heel droevige associaties, dat weet je vast nog wel.'

Let op het zorgvuldig vermijden van zulke veelzeggende formuleringen als 'zoveel gemeenschappelijk' of 'jullie eens laten kennismaken'. Maar ik was heus niet gek. Ik snapte het best.

Toen we bij tante Selma kwamen zat Louise al klaar, aan het ene uiteinde op de verder lege bank geïnstalleerd. Roger en Ann-Marie zaten in leunstoelen en Gil en Nandina kozen de loveseat. En zo kwam ik natuurlijk naast Louise terecht.

Ze was min of meer wat ik had verwacht: een magere, aantrekkelijke jonge vrouw met schuingeknipt kort bruin haar, dat kunstig naar één kant zwierde als ze haar hoofd schuin hield. Tijdens onze eerste minuten samen hield ze haar hoofd vaak schuin en keek ze me met heldere ogen strak aan terwijl we aan het gebruikelijke beleefdheidsgesprekje begonnen. Ze bleek van het type dat zelfs de doodgewoonste uitspraak vooraf laat gaan door: 'Hou je vast!' – een opmerking die ik altijd vergelijk mee om je eigen grapjes lachen. Toen ik vroeg wat ze voor de kost deed bijvoorbeeld: 'Hou je vast! Ik ben redacteur! Net als jij! Maar dan freelance.'

Haar magerte was het soort dat kunstmatig tot stand komt, door diëten. Op de een of andere manier kon je zien dat ze niet het gewicht had dat bij haar hoorde. Haar superstrakke jurk was duidelijk gekozen met de bedoeling haar opvallende sleutelbeenderen en de twee uitstekende knobbels van haar heupen te accentueren. Geen idee waarom dat me irriteerde. Vermoedelijk zou dat niet het geval zijn geweest als we elkaar hadden gemogen, maar we waren inmiddels op dat pijnlijke punt gekomen waar je je realiseert dat de ander domweg te anders is om moeite voor te doen. Louise was opgehouden haar hoofd zo mooi schuin te houden en haar blik dwaalde af naar gesprekken elders in de kamer. Ik voelde sterke aandrang me te verontschuldigen en naar huis te gaan.

Onder het eten zat ze rechts van me. (We hadden dit jaar plaatskaartjes, om ervoor te zorgen dat er niets verkeerd ging.) Maar nu ze het wat mij betreft had opgegeven richtte ze het merendeel van haar opmerkingen tot Gil, tegenover haar. Tijdens de soep verkondigde ze tegen hem dat ze een 'heel unieke' verhouding had met klokken. 'Zo ongeveer elke keer dat ik erop kijk, weet je hoe laat het dan is? Negen uur twaalf.'

'Ah...' zei Gil, en hij trok zijn wenkbrauwen op.

'En negen twaalf is... Hou je vast!'

Hij wierp een verbijsterde blik op zijn handen.

'Negen twaalf is mijn geboortedatum!'

'Huh?'

'Twaalf september! Is dat niet griezelig? Het gebeurt véél vaker dan je wetenschappelijk zou kunnen verklaren. Zelfs toen ik voor de allereerste keer in Londen was, jaren en jaren geleden, toen ging ik natuurlijk de Big Ben bekijken, en raad eens hoe laat het was toen ik daar kwam?'

Een paniekerige blik van Gil.

'Twaalf uur negen?' vroeg ik.

'Wat? Nee, mijn geboortedatum is...'

'Omdat je tenslotte in Europa was, waar ze eerst de dag en dan de maand zeggen, en niet andersom zoals wij in Amerika.'

'Nee... eigenlijk...'

'Aaron,' kwam Nandina ertussen, 'vertel Louise eens over *Jetlag voor beginners*.'

'Dat ben ik kwijt,' zei ik.

'Aáron.'

Ze dacht dat ik dwarslag, maar ik wist het echt niet meer. Het enige waar ik aan kon denken was het eindeloze aantal uren tot ik kon ontsnappen. Tot het zover was moesten we nog door zo veel eten heen ploegen. Niet alleen de soep (meelcrèmesoep, voor zover ik kon nagaan), maar ook gebraden ham in een overjas van ananasringen, olijfbruine broccoli en zoeteaardappelpuree onder een dekje van minimarshmallows, gevolgd door vruchtentaart als dessert aangevuld met – o god – een tweede dessert, dat Louise had meegebracht: een schaal koekjes in de vorm van sterren, klokken en kransen. Ik keek even naar Nandina met zo'n blik van 'zie je wel?' want als Nandina ergens een hekel aan had, dan wel aan onverwachte bijdragen aan een etentje. Maar ze was te kwaad op me om te reageren. De koekjes waren lijk-bleek, flinterdun en besprenkeld met rode en groene suiker. Ik nam er een uit beleefdheid en beet erin, maar het smaakte nergens naar. Alleen maar suiker, laf en flauw. Ik legde het op mijn bord en begon naar koffie te smachten. Niet dat ik van plan was die op dat uur te drinken, maar koffie zou het einde van dat eindeloze maal inluiden. Het was al ver in de middag en dofgrau-we schemer bekleedde de hoeken van de eetkamer.

In de auto op weg naar huis – ik reed weer – gaf Nandi-na me een forse uitbrander. 'Waarom jij niet doodge-woon normaal beleefd kunt doen...' ging ze tekeer. Ze zat achterin en leunde zo ver naar voren om me toe te spreken dat haar kin zowat op mijn rugleuning rustte. 'Je liet duidelijk merken dat je niets van dat arme mens moest hebben!'

'Klopt,' zei ik, 'en zij niet van mij. Zie het nou maar onder ogen, Nandina, we waren als water en vuur. Stel je voor, een professionele redacteur die zegt dat iets "heel uniek" was!'

'Ach, ze is maar freelance,' zei Nandina op iets milde-re toon.

Toen zei Gil: 'Trouwens,' en vroeg aan mij of het moeilijk rijden was in de mist. Hij leek er nooit goed te-gen te kunnen als Nandina en ik ruziemaakten.

Ik zette hen met een uiterst kort afscheid bij Nandi-na's huis af en reed door. Thuis trok ik gemakkelijke kle-ren aan, schonk iets te drinken in en ging zitten met een boek, maar ik kon me maar niet concentreren. Daar-voor was ik te terneergeslagen, al wist ik niet goed waar-om. Vanaf het moment dat we bij tante Selma aankwamen had ik naar mijn eigen huis verlangd, dan zou ik nu toch opgelucht moeten zijn?

Het drong tot me door dat ik stiekem, in de duistere diepten van mijn onderbewustzijn, had gehoopt dat Louise en ik elkaar aardig zouden vinden.

Tussen Kerstmis en oudjaar sloten we het kantoor en schakelde Nandina over op de hoogste versnelling voor de huwelijksvoorbereidingen. Ze kreeg alles in één week geregeld: bijzonder efficiënt, dat moet ik toegeven. De plechtigheid vond plaats op de laatste dag van het jaar in de vroegere kerk van mijn ouders, waar Nandina nog altijd kwam. Ik gaf haar weg; haar beste vriendin van de middelbare school was haar getuige; Gil had daar zijn neef voor gevraagd. De enige gasten waren tante Selma en haar familie, Gils drie zussen met hun gezin en het personeel van Woolcott Publishing. Na afloop hielden we een bescheiden receptie bij mij thuis, al hoefde ik daar niet veel voor te doen. Peggy en Nandina's getuige zorgden voor de hapjes, Irene deed de versiering en Roger ontfermde zich over de drank. Ik was alleen maar een onschuldige toeschouwer.

Daarna vertrokken Gil en Nandina voor een week naar de Eastern Shore, wat hartje winter een vreemde keus leek, maar goed, ieder zijn smaak. Dit was van oudsher een slappe periode op de zaak, zodat we ons best konden redden zonder Nandina om de baas te spelen. Ik was een nieuwe eigenbeheeruitgave aan het redigeren: *Waarom ik heb besloten te blijven leven*, geschreven door een leraar Engels. Eigenlijk was het een waslijst van 'inspirerende' momenten, zoals 's avonds de hemel oranje zien kleuren achter het bord van Domino Sugars'. Af en toe las ik een pareltje voor aan de anderen, die in de gezamenlijke ruimte zaten. 'Voelen hoe een pasgeboren baby zijn handje om mijn wijsvinger buigt,' riep ik dan, waarop Charles kreunde, Irene een afwezig 'Sss!' liet horen en Peggy zei: 'Aaah. Dát is nog eens een goede reden!' Wat waren ze allemaal voorspelbaar.

Irene bladerde in dikke tijdschriften waar zo te zien niets anders in stond dan advertenties voor make-up. Charles zat te bellen en bemiddelde bij wat klonk als hoogoplopende ruzies tussen zijn dochters, die nog schoolvakantie hadden terwijl hun ouders allebei alweer aan het werk waren. Peggy oefende het blind typen van cijfers en symbolen; ze was nooit verder gekomen dan de gewone lettertoetsen, zei ze.

Op onze laatste dag in vrijheid, bij wijze van spreken, gingen we om twaalf uur met ons allen naar het Gobble-Up Café en lieten het kantoor onbeheerd achter, wat we officieel gezien niet hadden mogen doen, en bestelden we wijn bij de lunch, wat we vrijwel nooit deden. De Gobble-Up was zo weinig gewend alcohol te schenken dat de volledige wijnkaart neerkwam op: 'Chardonnay $5, Merlot $5, Rosé $4', en toen ik de serveerster vroeg: 'Wat voor merlot hebben jullie?' zei ze: 'Rode?'

Ik bestelde toch maar een glas, de vrouwen bestelden chardonnay en Charles nam een biertje. Peggy, die na twee slokjes al een tikje aangeschoten was, zei dat ze ons als familie beschouwde. Irene kondigde aan dat ze, wat kan 't bommen, na de lunch naar Nordstrom verdween, waar de winterjassen in de uitverkoop waren. Charles beantwoordde een oproep op zijn mobieltje, ondanks de aangeplakte huisregels die dat verboden, en wachtte veel te lang voor hij naar buiten liep met een gemompeld: 'Rustig nou maar; langzamer praten; je weet toch dat ik er geen woord van kan verstaan als je huilt.' En ik betaalde de hele rekening, wat wel zal betekenen dat ik ook aardig vrolijk was.

Op de terugweg naar kantoor (langs Charles, die nog steeds voor het café stond te bellen) vertelde ik Peggy en Irene hoe onredelijk Nandina na het kerstdiner had gedaan. Ik denk dat ik in mijn wijnroes van welbehagen verwachtte dat ze enige verontwaardiging zouden tonen ten gunste van mij. 'Ze lokt me in feite in een hinderlaag,' zei ik, 'zij en Ann-Marie, plempt me pal naast een vrouw tegen wie ik niks te zeggen heb, nul komma niks...'

'Kom nou. Ze wilde alleen maar helpen,' zei Peggy. 'Ze wil gewoon graag dat je iemand vindt.'

Er was een tijd dat ik zou hebben gezegd: 'Dat ik iemand vind! Wie zegt dat ik iemand wíl vinden?' Maar op die speciale dag, nog onder de invloed van mijn postkerstdiner-somberte, was het me te veel moeite om ertegenin te gaan. Ik zei alleen maar: 'Dan nog. Tenslotte is het verlies van je wederhelft geen hobby die we konden delen of zoiets.'

Maar noch Peggy noch Irene toonde de nodige empathie. Peggy maakte alleen maar een berispend geluidje en Irene nam haastig afscheid, want we waren inmiddels bij ons gebouw. 'Tot straks,' zei ze, en ze ging op haar winterjas uit.

'Die vrouw was zo mager dat ik mijn hand had kunnen snijden aan haar sleutelbeen,' zei ik tegen Peggy terwijl ik de deur opende. 'Ze kauwde alleen met haar voortanden. Ze had koekjes meegebracht die van karton waren.'

'Je bent gemeen,' zei Peggy streng. Ze zette haar tas op haar bureau en trok haar jas uit.

Ik aarzelde.

'Peggy,' zei ik.

'Hmm?'

'Die haverkoekjes met chocola van jou, je weet wel?'

'Ja.'

'Die dikke, hobbelige die je een tijdje geleden had meegebracht?'

'Wat is daarmee?'

'Daar zaten toch van die stukjes in? Kleine knapperige stukjes. Geen chocoladeschilfers, geen nootjes, maar iets wat een beetje scherp was? Net steentjes?'

'Sojakorrels,' zei ze. Ze hing haar jas aan de kapstok.

'Sojakorrels,' herhaalde ik.

'Als proteïnesupplement,' zei ze.

En toen: 'Echt weer iets voor jou om te geloven dat er steentjes in zitten als je een koekje van iemand krijgt.'

'Ik zei niet dat ik dat geloofde, maar dat ze iets van steentjes hadden.'

'Jij bent toch zo verschrikkelijk verkwistend, hè,' zei ze. Ze ging aan haar bureau zitten.

'Wat ben ik?'

'Ieder ander zou blíj zijn als er iemand toenadering zocht. Maar jij hebt het te druk met haar motieven controleren.'

'Wier motieven dan?' vroeg ik.

'Jij bent zo blind. Je merkt het niet eens. Je laat haar gewoon verpieteren.'

'Wie laat ik verpieteren?' vroeg ik. 'Heb je het over Louise?'

Peggy stak haar handen in de lucht.

'O,' zei ik. 'Wacht.'

Maar ze boog zich over haar toetsenbord en begon als een razende te typen. Ik bleef even naar haar staan kijken en liep toen mijn kamer in. Ik hing mijn jasje op en ging aan mijn bureau zitten. Maar ik ging niet door met mijn werk. Ik had mijn deur open laten staan zodat ik haar nog steeds kon zien: de goudglinsterende randjes langs haar golvende haar onder de plafondlampen, de twee watervallen van wit kant die van haar ellebogen – in de correcte houding, zorgvuldig op gelijke hoogte gehouden – omlaagstroomden.

Ik kende Peggy al vanaf de eerste klas; ik wist nog dat ze een extra opbergvakje nodig had gehad voor haar knuffeldieren. Ik wist nog dat ze op de middenschool onderbroeken met pijpjes had gedragen, waarvan de kantjes onder haar rok uit kwamen. (De lomperiken in de klas noemden haar Holly Hobbie.) En dan kende ik haar natuurlijk van haar eindeloze gepraat op kantoor; vergeet niet dat ze niets liever deed dan praten.

In het weekend, had ze eens verteld, ging ze graag naar de ijzerhandel van Stebbins om aan de grijze mannen die daar werkten te vragen hoe je een verzakkende deur moest repareren, of wat je met omkrullend behang aanmoest. Ze had hun advies echt nodig, zei ze, maar ze vond er ook vertroosting in. Het bracht haar even terug naar de tijd dat haar vader nog leefde.

Het cadeautje dat ze zichzelf gaf na een zware dag was het avondnieuws overslaan en in plaats daarvan naar een Fred Astaire-film kijken.

En zelf vond ze haar kleren niet zo vreemd, zei ze. (Dit in reactie op een niet bepaald tactvolle vraag van Irene.) Het was haar manier om een beetje moeite te doen – iets extra's te doen voor de mensen om haar heen.

En ze vond het heerlijk om in de keuken te staan, wist ik. Ze zei dat koken net zoiets als dansen was: het vergde de juiste bewegingen op het juiste ogenblik en had hetzelfde gevoel van orde en volgorde. Dat begreep ik. Ik stelde me voor hoe ze zonder een enkele misstap een volmaakte maaltijd bereidde en zich zachtjes neuriënd door haar keuken bewoog. Ze zou verse bloemen schikken in een aardewerken schaal voor op tafel. Ze zou dekken met linnen servetten die ze tot tipi's had gevouwen.

Ik stelde me voor dat ik zo'n maal voorgezet kreeg, met de vork bij mijn linkerhand en het mes en de lepel bij de rechter, in plaats van haastig bij elkaar neergegooid zoals ik het zelf deed. Het bord behendig voor me neergezet, precies op de goede plaats, de vork misschien nog wat verder naar links geschoven om ruimte te maken. De zachte warmte van het eten die langzaam opsteeg naar mijn gezicht.

Peggy die haar schort afdeed voor ze tegenover me kwam zitten.

Ik stond op, liep naar haar toe en bleef naast haar stoel staan. 'Peggy?' zei ik.

'Wat.'

'Zou je misschien een keer... zou je misschien een keer met me uit willen?'

Haar vingers bleven boven de toetsen hangen. Ze keek naar me op.

'Ergens naartoe, een afspraakje, zeg maar,' zei ik. (Voor het geval dat ik niet duidelijk was geweest.)

Ze nam me even op. Toen: 'Waarom vraag je Irene niet?'

'Irene!'

'Ik dacht dat Irene degene was die je zo bewonderde.'

'O, nou, dat was ook zo,' zei ik. 'Is ook zo. Maar jij bent degene met wie ik graag uit wil.'

Ze bleef me opnemen. Ik ging wat beter rechtop staan en probeerde er op mijn voordeligst uit te zien. 'Wil je me niet een kans geven?' vroeg ik.

Na weer een lange stilte zei ze: 'Tja. Dat wel. Ik wil je wel graag een kans geven.'

En dat deed ze.

Ik neem Maeve mee naar binnen voor appelsap, en terwijl ze die opdrinkt ga ik met de ochtendkrant aan de keukentafel zitten. Maar dan krijgt Maeve mijn wandelstok in het oog, die naast de achterdeur staat. Ze laat haar tuitbeker met een klap vallen en dribbelt ernaartoe, pakt de stok en brengt hem naar mij, als een puppy die met zijn riem aankomt. 'Wallelen?' vraagt ze. 'Wallelen?'

'Eerst je appelsap opdrinken.'

Ze laat de wandelstok op de vloer kletteren, keurt hem geen blik meer waardig, pakt haar sap weer en drinkt dat op, klok-klok, met haar ogen onafgebroken op mij gericht – bruine ogen, net als de mijne, maar onevenredig groot en omrand door zonnestraalwimpers, net als die van Peggy. (Het verbaast me altijd weer dat de genen van twee totaal ongelijksoortige mensen zo

naadloos kunnen samensmelten in hun nakomelingen.)
Ze zet haar beker met een smak op tafel en klapt in haar
handjes, werk aan de winkel. 'Wallelen, pappa,' zegt ze.

'Oké, Maevie.'

In de buurtuin zit Mary-Clyde Rust op haar knieën bij
haar bed petunia's. Als we langskomen roept ze: ''Morgen, juffie Maeve!' en leunt achteruit, zo te zien klaar
voor een praatje, maar Maeve zwaait naar haar en loopt
door, gezichtje pal zuid gericht, recht op het park af. Ik
kijk Mary-Clyde schouderophalend aan en ze gaat la-
chend verder met wieden.

Bij de Ushers staat een kleine zilverkleurige caravan
op de oprit. Ruth Ushers zus en zwager uit Ohio zijn op
bezoek. Maeve heeft gisteren een rondleiding in de caravan gekregen en ze was diep onder de indruk, zodat ik
bang ben dat we er nu weer moeten stoppen, maar ze
wil veel te graag naar het park. De grootste attractie
daar is een beekje waarin je lekker kunt rondscharrelen.
Ik geloof niet dat we ooit naar dat park zijn geweest zonder allebei doornat thuis te komen.

Er wandelt ons een echtpaar tegemoet dat we niet
kennen: een jonge vrouw met donker haar en een jonge
man met een Phillies-pet. Maeve wil hen al voorbijlo-
pen als de man 'Hé, hallo', zegt; ze blijft staan, heft haar
gezichtje naar hem op en knippert stralend met haar
wimpers. Ik kan maar niet ontdekken hoe ze besluit welke mensen haar aandacht waard zijn. Nog geen twee minuten later komen we een jogger tegen die ook hallo
zegt, en die negeert ze.

Als we Cold Spring Lane naderen komt er een auto
aan die niet doorrijdt maar vaart mindert. Ik kijk op en

zie Nandina's Honda naast ons stilhouden. 'Robbirenna!' roept Maeve. Zo noemt ze de tweeling als ze opgewonden is. (Robby is naar Gils vader vernoemd, Brenna naar mijn moeder.) De twee kinderen nemen Maeve onverstoorbaar vanaf de achterbank op en Nandina buigt zich naar opzij en roept door het passagiersraampje: 'Zie ik jullie zo in het park?'

'Ja, tot zo,' zeg ik.

Als het Gil was zou hij ons een lift aanbieden, maar Nandina houdt zich streng aan de wet die een kinderzitje voorschrijft. Ze rijdt door, en Maeve gaat patsboem op de stoep zitten en zet een keel op.

'We zien ze zo meteen, Maeve.'

'Wil ze nóú zien!'

Ik pak haar bij haar handje en til haar overeind. Haar handje is een vuist, een strakke satijnen vuist, en ze probeert het los te trekken, maar ik houd het stevig vast.

Af en toe denk ik aan dat verhaal dat Gil me vertelde: dat zijn vader terugkwam uit de dood om Gils werk in de bouw te inspecteren. Ik weet wel dat Gil het gevoel had dat zijn vader nog iets moest afronden en dat hij daarom terugkwam, maar een poosje geleden bedacht ik opeens: zou het niet kunnen dat Gil zelf nog iets moest afronden? Zou hij misschien hebben gedacht: god, had ik het maar met pa kunnen bijleggen?

Maar ik heb het er maar niet met hem over gehad, want ik vermoed dat hij zich wellicht geneert omdat hij me dat verhaal ooit heeft verteld.

Robby en Brenna zijn een paar maanden ouder dan Maeve, en dat is te merken. Ze zijn gereserveerder, zelfstandiger, en ze hebben dat mondige dat kinderen in de dagopvang schijnen op te doen. Als we in het park aankomen vinden we hen volkomen verdiept in het schouwspel van een vader en zoon die met een honkbalknuppel oefenen: de jongen raakt de bal met een stevige dreun, zijn moeder en zusje juichen vanaf de zijlijn. 'Hoi, Robby! Hoi, Brenna!' roept Maeve. Zonder hun blik van de balspelers af te wenden steken ze allebei hun wijsvinger een piepklein stukje omhoog. Ik voel een steek van medelijden met Maeve, maar die neemt het filosofisch op. Ze gaat in haar eentje op pad door het onkruid langs de oever van het beekje. 'Vlinder, pappa!' roept ze.

'Ik zie hem, liefje.'

Nandina steekt van wal over een geschil dat ze met Charles heeft. Dat gaat over *Waarom ik heb besloten te blijven leven*, dat een paar jaar geleden is verschenen en waar de auteur en wij onverwacht zowaar iets aan hebben verdiend. In voorbereiding op de eerstvolgende Kerstmis stelt Charles een vervolg voor, misschien *Waarom ik heb besloten meer te reizen* of *Waarom ik heb besloten kinderen te krijgen*. Maar de auteur kampt kennelijk met een writer's block en nu stelt Charles voor dat we een ander inhuren of het zelfs zelf schrijven. 'Ontgaat mij iets?' vraagt Nandina. 'Zie ik het verkeerd als ik vind dat één zo'n boek genoeg is? Loop ik hopeloos achter?'

'Nee, hoor, neem maar van mij aan...' zeg ik, en dan: 'Whoa!' omdat Maeve zojuist een scherpe bocht maakte en zo van de oever in het water plonsde. 'Kom daaruit!'

roep ik en ik vlieg ernaartoe met Nandina op mijn hielen om me zo nodig te hulp te schieten.

'Schildpad, pappa!' zegt Maeve. ('Schippad', zo klinkt het bij haar.)

'Kom daar onmiddellijk uit!'

Terwijl ik haar op de kant sleur zie ik dat de tweeling ons gadeslaat, twee identieke, ronde gezichtjes in onze richting gekeerd tot we veilig op het droge zijn. Dan wenden ze zich zonder commentaar weer naar de balspelers.

Denk je soms dat het niet bij me op is gekomen dat ik die bezoekjes van Dorothy misschien maar heb verzonnen? Dat ik ze alleen maar heb gedagdroomd, in mijn tijdelijke waanzin van verdriet?

Dan moet je me toch eens vertellen hoe ze die dingen kon hebben gezegd die zij wel wist en ik niet.

Dat ze een betere baan had laten schieten ter wille van mij.

Dat ze haar gevoelens had verborgen ter wille van mij.

Kortom, dat ze van me hield.

Heb ik dát verzonnen?

Onderweg naar huis treuzelt en klaagt Maeve. Ze zegt dat haar benen het te druk hebben. 'Je bent moe,' vertaal ik voor haar, maar dat valt verkeerd. 'Ik bén niet moe!' Ik krijg de indruk dat ze het woord 'moe' associeert met een middagslaapje, wat zij als een kwelling ziet, hoe hard ze er mogelijk ook aan toe is. 'Nou, dan heb je misschien honger,' zeg ik. Dat klinkt haar aannemelijker in de oren. Het is ook al na twaalven en ik maak me zorgen dat Peggy op ons wacht met de lunch. Maar nee, als we onze straat in komen zien we haar verderop, ze haalt net de laatste tas met boodschappen uit de kofferbak. 'Mamma!' roept Maeve, en ze begint te rennen.

'Fijne ochtend gehad?' vraagt Peggy wanneer ze dichtbij genoeg is. Maeve slaat alleen haar armpjes om Peggy's knieën en rent dan door naar binnen. Peggy klapt de kofferbak dicht en wacht tot ik bij haar ben. 'Eerlijk, Aaron, je sópt helemaal!' zegt ze, want mijn schoenen zijn kletsnat en de omslagen van mijn broek ook. Ik geef haar een kus op haar wang en dan gaan we Maeve achterna, die eruitziet alsof ze lieslaarzen aanheeft. Haar tuinbroek is van de heup tot onderaan donker van het beekwater.

Mijn vriend Luke heeft me ooit verteld dat hij had nagedacht over mijn vraag of de overledenen nog weleens terugkomen. Dat had ik hem inderdaad gevraagd, rond dezelfde tijd dat ik het er met Nate over had gehad, maar dit was weken later. Blijkbaar had de kwestie hem sindsdien beziggehouden. 'Ik ben tot de conclusie gekomen van niet,' zei hij. 'Maar wat ik wel denk: als je ze heel goed hebt gekend, als je heel goed naar ze hebt geluisterd toen ze nog leefden, dan kun je je misschien voorstellen wat ze nu tegen je zouden zeggen als ze er nog waren. Dus wat je het beste kunt doen is goed opletten zolang ze leven. Maar dat is alleen maar mijn mening.'

Ik heb geen idee of die mening van hem klopt. Maar toch let ik tegenwoordig goed op. Ik zie hoe Peggy haar rok even laat rondzwieren als ze ons pad op loopt, en hoe Maeve zichzelf zomaar opeens heeft geleerd als een groot mens het trapje op te lopen, elke voet een trede hoger. Ik prent die dingen stevig in mijn hoofd terwijl ik achter hen aan naar binnen loop.

'Wat?' vraagt Peggy. 'Waarom lach je?'

'Zomaar.'

Ik zou liegen als ik zei dat ik nooit meer aan Dorothy denk. Ik denk aan hen allebei: de Dorothy met wie ik getrouwd was en de Dorothy die terugkwam om me op te zoeken. Als ik de Dorothy met wie ik getrouwd was voor me zie, staat ze in haar gesteven witte jas bij de boekenkast in haar spreekkamer en vraagt wat ik aan mijn arm heb, of tuurt ze verbijsterd in de zuigmond van de stofzuigerslang, of propt ze woest selderij in de enige Thanksgiving-kalkoen die ze ooit heeft geprobeerd te braden. En dan denk ik eraan hoe de mensen reageerden op de Dorothy die terugkwam: sommigen bijna angstig, anderen gegeneerd, alsof ze een sociale blunder beging, en weer anderen zonder een spoor van verbazing. Maar ik ben er niet meer zo zeker van dat degenen die geen verbazing toonden waren vergeten dat ze gestorven was. Misschien wisten ze dat nog maar al te goed. Misschien dachten ze gewoon: natuurlijk, we komen en gaan in deze wereld, en komen en gaan.